LE
CAPITAINE PUFFENEY

(1772-1848)

SOUVENIRS D'UN GROGNARD

PUBLIÉS PAR

Julien FEUVRIER

ARCHIVISTE DE LA VILLE DE DOLE

PARIS

LIBRAIRIE ANCIENNE HONORÉ CHAMPION, ÉDITEUR

5, QUAI MALAQUAIS, 5

1912

LE CAPITAINE PUFFENEY

(1772-1848)

SOUVENIRS D'UN GROGNARD

*EXTRAIT DE LA CORRESPONDANCE HISTORIQUE
ET ARCHÉOLOGIQUE*

Année 1912

Tiré à 150 exemplaires

LE
CAPITAINE PUFFENEY

(1772-1848)

SOUVENIRS D'UN GROGNARD

PUBLIÉS PAR

Julien FEUVRIER

ARCHIVISTE DE LA VILLE DE DOLE

PARIS

LIBRAIRIE ANCIENNE HONORÉ CHAMPION, EDITEUR

5, QUAI MALAQUAIS, 5

1912

LE CAPITAINE PUFFENEY

(1772-1848)

SOUVENIRS D'UN GROGNARD

Fils de simples cultivateurs franc-comtois, le capitaine Pierre-François Puffeney naquit aux Planches, près d'Arbois, le 6 décembre 1772. Il n'avait pas vingt ans quand il s'enrôla comme volontaire au 2ᵉ bataillon du Jura, pour voler, comme on disait alors, à la défense de la Patrie. D'une bravoure éprouvée, le grenadier Puffeney se fit remarquer de ses chefs, et après treize campagnes de guerre dans lesquelles il reçut cinq blessures, il emporta à la baïonnette, peut-on dire, le grade de sous-lieutenant.

La biographie de ce valeureux soldat se trouve en entier dans un cahier où il a consigné ses souvenirs et que nous avons retrouvé au milieu de papiers de famille. Le vieux grognard, sans souci de la postérité, se raconte à lui-même les scènes auxquelles il a assisté, soit comme acteur, soit comme témoin oculaire, dans l'épopée guerrière qui a clos le dernier siècle et ouvert le nôtre.

Ses récits militaires n'ont, sans doute, ni l'importance, ni le piquant ou le pittoresque de mémoires tels que ceux du capitaine Coignet ou même du colonel Pion des Loches, un Franc-Comtois aussi ; mais ils ne sont pas, croyons-nous, dénués d'intérêt. Ils offriront également plus d'un enseignement : ils montreront à la génération actuelle que la victoire n'est pas aux gros bataillons, mais à ceux pour qui la discipline, l'abnégation, le dévoûment et l'amour de la Patrie sont les premières vertus du soldat. Puissent-ils, en même temps, faire naître dans les cœurs de nos jeunes compatriotes la foi dans l'avenir ; car,

> Où le père a passé, passera bien l'enfant !

Julien FEUVRIER.

Mon dessein n'est pas, en prenant la plume, d'écrire en détail l'histoire de ma vie militaire ; je me borne à rassembler les notes que j'ai conservées, de manière à pouvoir, dans ma retraite, me retracer facilement et exactement les principaux traits de ma carrière de soldat.

Sans plus long préambule, j'entame mon sujet.

Je m'enrôlai volontairement pour voler à la défense de la Patrie, et je fus incorporé dans le 2ᵉ bataillon des volontaires du Jura le 6 août 1791. Le 6 octobre suivant, j'y étais grenadier (1).

La première campagne à laquelle je pris part fut celle de 1792 à l'armée du Rhin. Au début de la campagne, mon bataillon était campé au fort de Landau, mais ne fut pas, jusqu'à la prise de Spire, mêlé aux petites affaires qui eurent lieu aux environs de cette place.

Le général Biron commandait en chef l'armée française qui s'étendait de Bâle jusqu'à la frontière aux environs de Landau ; il avait sous ses ordres Custine, Victor de Broglie et Kellermann.

Vers la fin du mois de septembre, Custine, à la tête de 18.000 hommes, s'étant mis en marche sur Spire, s'en empara le 30 ; il fit prisonnière la garnison, forte de 4.000 hommes, commandée par le colonel Winckelmann.

Après la prise de Spire, Custine, avec 24.000 hommes, s'avança sur Mayence et obligea cette place importante à capituler. Le baron de Gimmnich, qui y commandait, aurait pu faire une longue résistance, mais il fut tellement intimidé par le contenu d'une lettre que lui écrivit le général français, qu'il consentit à capituler sans même essayer un commencement de défense.

(1) Ce bataillon avait pour lieutenant-colonel commandant, Bougauld et pour lieutenant-colonel en second Jean-Pierre Travot, né à Poligny en 1767. Celui-ci servit plus tard sous Hoche en Vendée, fit prisonnier Charette, procéda au désarmement des Vendéens, fut fait général de division en 1805, puis baron de l'Empire. Condamné à mort sous la Restauration, il perdit la raison et mourut au fort de Ham en 1836. (J. F.).

Les 2 et 6 janvier 1793, furent livrés deux combats au village d'Hochheim, en avant de Mayence, sur la rive droite du Rhin. Le dernier de ces combats fut très meurtrier aux Français, qui furent obligés de battre en retraite et d'abandonner le village après une défense opiniâtre. Les troupes françaises étaient commandées par les généraux Houchard et Sédillot, sous la direction de Custine. Les 5e et 6e régiments des grenadiers réunis de l'armée du Rhin s'y distinguèrent d'une façon particulière. Je faisais partie de la 6e compagnie du 2e bataillon du premier de ces régiments.

Le 18 mars, le général en chef, avec 18.000 hommes, quitta Mayence pour se diriger sur Coblentz. Le 20, il livra le combat de Stromberg qui n'eut aucun résultat.

Le 27 mars, combat de Bergen. Le général Newinger y fut fait prisonnier par les Prussiens. Les Français furent contraints de rétrograder, avec une perte de deux pièces de canon et d'une centaine de grenadiers du bataillon dont je faisais partie. Ce ne fut qu'en se frayant un passage à la baïonnette que le reste du bataillon parvint à sortir de la mauvaise position que le général Newinger lui avait assignée dès le commencement de l'engagement.

Le 30 mars, combat d'Oberflesheim. Nos troupes, commandées par les généraux Custine et Houchard, y déployèrent la plus grande valeur. Les bonnes dispositions prises par ces deux chefs, jointes au courage et à la bravoure des troupes, obligèrent l'ennemi à la retraite, quoique celui-ci fût bien supérieur en nombre. Notre artillerie légère surtout y fit des prodiges d'intrépidité.

A la suite de ce combat, le général Custine fit connaître à son armée, par un ordre du jour, que la brave armée de la Belgique venait d'être obligée de se retirer sur la frontière du Nord, mais il ne dit rien de la défection de Dumouriez qui la commandait. Il annonçait en même temps que, par l'effet de la retraite de l'armée du Nord, il était lui-même contraint d'effectuer la sienne jusqu'aux lignes de Wissembourg, en laissant une bonne garnison dans Mayence, pour conserver cette place à la République. On sait que ni Custine ni ses successeurs ne parvinrent à porter secours à cette garnison assiégée, qui fut obligée de capituler après un blocus de près de quatre mois, cinquante-deux jours de bombardement et malgré la valeur inouïe des assiégés.

L'armée française, après avoir effectué sa retraite, s'établit en avant et en arrière de la Lauter, de façon à pouvoir dé fendre la frontière des Vosges au Rhin.

Le 6 mai, l'armée du Rhin reprit son mouvement offensif. Le général Landermont, successeur de Houchard au commandement de l'avant-garde, ayant en sous-ordre le général Sérizia, avec les 5e et 6e régiments de grenadiers réunis et quelques régiments de cavalerie légère, se porta vers le village de Rixheim (1), sur la route de Kandel à Landau, où se trouvait l'avant-garde ennemie. Le combat resta indécis.

Le 17, autre combat de Rixheim. Les troupes étaient sous le commandement de Custine. Ce fait d'armes, beaucoup plus important que celui du 6, aurait sans doute amené une grande bataille sans la déroute complète dans laquelle se mit un bataillon des volontaires du Haut-Rhin, frappé de terreur panique. Cet incident malheureux décida le général en chef à donner l'ordre de la retraite.

Le 29 juin, combat au Petit-Landau. Il fut sans importance pour nous, et ne fut considéré que comme une forte reconnaissance. Le détachement qui prit part à l'engagement se composait de quelques bataillons de grenadiers et quelques escadrons de cavalerie légère avec une douzaine de pièces de canon.

Sur ces entrefaites, le commandement de l'armée du Rhin fut confié au général Beauharnais, en remplacement de Custine, envoyé à l'armée du Nord.

Le nouveau général voulut signaler son arrivée par un coup d'éclat. Il fit attaquer l'ennemi sur toute la ligne le 19 juillet. Il obtint d'abord des succès marqués. Il s'empara des principales positions occupées par les Prussiens, et, le 20, il emportait de vive force l'important poste de la montagne Sainte-Anne, à quelques lieues en avant de Landau. Mais ayant appris, le 22, que la brave garnison de Mayence venait de capituler et que l'armée prussienne qui en faisait le siège s'acheminait pour renforcer celle qu'il avait en face de lui, il crut prudent de faire cesser l'offensive et de se retirer de nouveau sur les lignes de Wissembourg.

Les 6, 12 et 19 août, eurent lieu divers engagements entre

(1) Il n'existe pas de localité de ce nom entre Wissembourg et Landau. Il s'agit probablement de Herxheim, à 8 km. sud-est de Landau (J. F.).

Landau et Wissembourg. Ils n'eurent d'autre résultat que de faire entrer quelques convois de vivres dans la place de Landau, bloquée depuis la retraite de notre armée.

Le 22 août, les alliés attaquèrent toute la ligne française, depuis les montagnes au-dessus de Wissembourg jusqu'au Rhin. La lutte fut très vive, surtout aux villages de Kandel et de Frockenfeld. Les Autrichiens s'emparèrent d'abord de ces deux villages, mais ils en furent délogés ensuite avec des pertes sérieuses.

Le 27 août, nouvelle attaque par les Prussiens et les Autrichiens, de Deux-Ponts jusqu'au Rhin. Malgré leur supériorité numérique, ils ne purent forcer nos lignes, ce qui fut d'un bon augure : car on put prévoir ce que deviendrait l'armée française lorsqu'elle serait commandée par des chefs plus habiles et plus dignes de sa confiance.

Le lendemain, 28 août, je fus nommé caporal dans mon bataillon.

Le 13 septembre, combat de Barbelroth, village entre Landau et Wissembourg. Les Autrichiens nous y attaquèrent avec beaucoup de vigueur, mais sans succès marquant. Je faillis être tué par un éclat d'obus qui, sans me faire aucun mal, emporta une partie de l'une des cornes de mon chapeau. C'est à la suite de ce combat que j'ai mangé du cheval pour la première fois, plutôt par curiosité que par besoin.

Le 22 vendémiaire an II de la République française (13 octobre 1793), bataille de Bergzabern. Mon bataillon, qui se trouvait à l'arrière-garde, fut un de ceux qui soutinrent la retraite dans cette journée, qui ne fut qu'un combat continuel de la pointe du jour à la nuit. Au commencement de l'action, un boulet vint étendre un camarade raide mort à mes côtés. Vers quatre heures du soir, un éclat d'obus coupa le collet de l'habit d'un autre grenadier, mon voisin, qui en fut quitte pour cette avarie à son uniforme. Dans cette bataille, les armées alliées étaient commandées par le général Wurmser. L'ineptie de nos généraux entraîna la déroute complète de l'armée française et mit la patrie à deux doigts de sa perte. Des représentants du peuple aux armées adressèrent aux soldats une proclamation ordonnant à tous ceux qui se sentiraient capables de maîtriser la victoire de se présenter à eux, mais menaçant en même temps de la colère du peuple tous ceux qui oseraient se charger d'un fardeau au-dessus de leurs forces. C'est alors que Hoche, Jourdan et Pichegru furent élevés aux premiers grades. Pichegru se fit remarquer à l'armée du Rhin, dont il eut le commandement, en rétablissant la discipline et en ne marchant à l'ennemi qu'après s'être assuré que ses ordres seraient ponctuellement et promptement exécutés.

Le 5 brumaire an II (26 octobre), combat de la Wantzenau, à deux lieues en avant de Strasbourg. Notre avant-garde, postée en partie dans ce village, y fut attaquée un peu avant le jour par des forces supérieures en nombre qui la forcèrent à abandonner ses positions après des pertes considérables. Le 75e régiment d'infanterie de ligne, le 12e bataillon des volontaires du Jura et un bataillon des volontaires du Doubs se laissèrent surprendre, et furent cause que le 2e bataillon de grenadiers, le mien, qui occupait le centre du village, fut obligé de se frayer un passage à la baïonnette pour pouvoir effectuer sa retraite. Cette opération nous coûta beaucoup de monde. Par suite de notre mouvement rétrograde, une pièce de canon se trouvait presque entourée par la cavalerie ennemie et allait infailliblement tomber en son pouvoir. Notre courageux commandant et quelques grenadiers, au nombre desquels je me trouvais, n'hésitèrent pas à dégager la pièce des mains de l'ennemi. Notre digne officier reçut un coup de sabre au bras droit, et j'en reçus un également qui ne fit qu'effleurer le collet de mon habit et tomber un pain de munition placé sur mon sac.

Je courus un bien plus grand danger un instant après. La plus grande partie du bataillon se jeta dans l'Ill pour gagner la presqu'île formée par cette rivière et le Rhin en cet endroit, tandis que le commandant et ceux qui avaient sauvé la pièce longèrent la rive gauche de l'Ill pour atteindre un petit pont à quelques centaines de pas plus haut. Nous pûmes ainsi atteindre la presqu'île du Rhin sans nous mouiller, mais non sans avoir eu à soutenir une nouvelle charge de la cavalerie ennemie qui essayait de nous barrer le passage. Abrités derrière la digue d'encaissement de la rivière, nous fîmes sur elle un feu assez nourri pour l'arrêter et la forcer à nous laisser passer. Il est bon de remarquer que nous avions tous ici le plus grand intérêt à ne pas nous laisser prendre par le corps de cavaliers qui nous attaquait avec tant d'opiniâtreté, attendu que nous le savions tout entier composé d'emigrés, qui, à cette époque, ne faisaient pas de prisonniers.

J'ai, en outre, assisté à tous les combats qui eurent lieu sur la fin de 1793 pour débloquer Landau, notamment à la reprise des lignes de Wissembourg, le 6 nivôse an II (26 décembre), à la suite des opérations des généraux Hoche et Pichegru, qui avaient combiné leurs mouvements pour arriver ensemble sur la Lauter.

Le bataillon dont je faisais partie n'étant composé que de compagnies de grenadiers, dont les corps respectifs faisaient partie de l'ancienne garnison de Mayence, dirigée sur la Vendée après la capitulation, ces compagnies, lorsque Landau fut débloqué, reçurent l'ordre de rejoindre leurs corps. La mienne se mit en route vers le milieu de nivôse an II (janvier 1794), de sorte que nous traversâmes la France au plus fort de la Terreur, alors que les passions déchaînées couvraient le pays d'échafauds.

La bataille du Mans était livrée, et les Vendéens avaient repassé la Loire, lorsque nous arrivâmes à l'armée de l'Ouest. Pendant les huit mois qui suivirent, je n'ai assisté qu'à quelques petits combats, parmi lesquels ceux de Chemillé, de Chaudron, de Vihiers et de Coron furent les plus importants. C'est à Chemillé que je vis pour la première fois les tristes effets de l'indiscipline dans l'armée républicaine de l'Ouest et le peu de capacité des généraux. Ce furent là les causes des meurtrières défaites de Chemillé et de Chaudron bien plus que la valeur des Vendéens, qui cependant montrèrent beaucoup de courage.

Quoique la guerre de Vendée ne fût point terminée, nous fûmes acheminés sur l'armée des Pyrénées-Occidentales, où nous arrivâmes dans les premiers jours de vendémiaire an III (septembre 1794).

Le 25 du même mois (16 octobre), les Espagnols furent attaqués et complètement défaits à la Burguette. Les Français étaient commandés par le général Moncey, l'ennemi par le duc d'Ossuna. Ce combat, auquel on a donné le nom de bataille de Blancpignon, fut très meurtrier pour les Espagnols, qui laissèrent, en outre, entre nos mains 1.500 prisonniers et 50 pièces de canon. La fonderie d'Orbaizeta, estimée à plus de trente millions de francs, fut détruite. Enfin les Français abattirent une pyramide que l'orgueil espagnol avait élevée en mémoire de la victoire remportée par cette nation sur les troupes de Charlemagne.

Le 5 frimaire (25 novembre), combat de Navas, où les Espagnols, au nombre de 5.000, furent battus par le général Marbot avec 3.000 hommes. L'ennemi perdit 600 hommes. Le 3ᵉ bataillon de l'Hérault s'y distingua particulièrement en défendant sa position pendant plus de six heures contre près de 4.000 hommes de l'armée espagnole. Ce fait d'armes fut le dernier de la campagne de 1794 à l'armée des Pyrénées-Occidentales.

Dans cette campagne, le bataillon des grenadiers réunis de l'armée des Pyrénées-Occidentales, auquel j'appartenais, était commandé par le brave la Tour-d'Auvergne, tué plus tard au combat de Neubourg (1).

L'hiver de 1794 à 1795 fut des plus terribles par le froid excessif qui régna et la quantité de neige qui tomba dans les Pyrénées. Quoique notre armée n'eût aucun combat à soutenir pendant cette âpre saison, elle n'en souffrit pas moins pendant cinq mois. Je ne puis mieux le prouver qu'en faisant remarquer qu'elle comptait près de 60.000 hommes sous les armes à la fin de la campagne de 1794 et qu'il en restait à peine 30.000 au 1ᵉʳ mai 1795. Presque tous ceux qui manquaient à l'appel étaient morts de privations. Pour donner une idée de l'énergie déployée par ceux qui résistèrent au climat et aux privations, qu'il suffise de dire que dans l'armée entière, chaque homme, pendant quatre mois, ne reçut par jour qu'un quart de pain de munition, et pendant plus de quinze jours que deux onces de riz ; on buvait l'eau glacée des torrents et l'on avait pour chaussures des sabots. La postérité refusera peut-être de croire ceci, quoique ce soit de la plus exacte vérité.

Le 20 floréal an III (9 mai), prise de la montagne des Marquerches, où le général Marbot enleva aux Espagnols leur camp et tous leurs effets de campement. L'ennemi, surpris par nous, fit peu de résistance, et les deux parties y perdirent peu de monde.

Le 11 messidor (19 juin), défaite des Espagnols à Engaliges et Vergara par les généraux Villote et Merle.

(1) Les grenadiers de la Tour-d'Auvergne s'illustrèrent par leurs exploits sous le nom de *Colonne infernale* (J. F.).

Les seules affaires qui méritent encore d'être signalées jusqu'à la fin de la campagne de 1795 sont le combat de Lecumberri, la prise de la montagne de la Trinité, celle d'Irumzun et du col d'Albergy.

La paix de Bâle étant venue mettre fin aux hostilités entre la France et l'Espagne, mon corps fut dirigé sur l'Italie. A Toulouse, le général Pérignon nous retint une quinzaine de jours pour désarmer les compagnons de Jéhu et du Soleil qui exerçaient un véritable brigandage autour de cette ville. A Rodez, à Nîmes et à Marseille, nous fûmes chargés d'une semblable mission.

C'est à Marseille que je vis pour la première fois le général Bonaparte. Après avoir passé en revue la garnison (1), il forma un bataillon de toutes les compagnies de grenadiers qui se trouvaient dans la ville et le fit partir pour l'armée d'Italie, dont il allait prendre le commandement. On connaît la situation précaire de cette armée, lorsque Bonaparte se mit à sa tête, ainsi que la proclamation restée célèbre qu'il lui adressa et que je n'ai jamais oubliée.

Au printemps de l'an IV, commença la campagne qui débuta par la victoire de Montenotte, les 22 et 23 germinal (11 et 12 avril 1796). Les 45,000 Autrichiens de Beaulieu et les 25,000 Sardes du général Colli furent complètement battus. Deux mille prisonniers, des drapeaux et des canons furent le prix de ces deux journées.

La bataille de Millesimo dura également deux jours (25 et 26 germinal).

Dans ces quatre jours de combat, tous les militaires de l'armée française firent des prodiges de valeur. Le chef de brigade Rampon s'y distingua particulièrement. La défense de la redoute de Monte-Legino lui avait été confiée ; cette redoute ayant été cernée par l'ennemi, il fit jurer à ses soldats de mourir plutôt que de se rendre.

Après la journée de Dégo (27 germinal), les Austro-Sardes étaient séparés ; Beaulieu alla couvrir Milan et Acqui, Colli, Turin et Ceva.

Le 30 germinal (19 avril), les Autrichiens reprennent Dégo, mais ils en sont chassés aussitôt par nos bataillons. Le résultat de cette brillante affaire appartient à l'adjudant général

______

(1) Cette revue fut passée le 2 germinal an IV (J. F.).

Lannasse, mort général de division à Alexandrie d'Egypte. Lannes, qui s'y fait remarquer par le général Bonaparte, est nommé chef de brigade.

Le 3 floréal (22 avril), prise de Cherasco. Bonaparte y établit son quartier-général et adressa à son armée une proclamation pour lui rendre compte, pour ainsi dire, de ses glorieux travaux.

Le 18 floréal (7 mai), passage du Pô, ou combat de Fombio, où Lannes se distingua de nouveau par sa bravoure.

Le 21 floréal (10 mai), passage du pont de Lodi. C'est à Lodi que Bonaparte reçut de ses soldats le titre de *Petit caporal.*

On a toujours pensé que ce fut le commandant Dupat, du 5ᵉ bataillon des grenadiers réunis, qui passa le premier sur le pont de Lodi. Je ne puis assurer ce fait, quoique je fusse alors de ce bataillon, et voici pourquoi. Je faisais partie de la 4ᵉ compagnie, et comme nous traversions en colonne serrée et au pas de course, je ne pouvais voir ce qui se passait en tête de mon bataillon qui faisait tête de colonne. Je dois ajouter que notre commandant était d'une bravoure et d'une intrépidité telles, que je le crois bien capable de cette action d'éclat.

La bataille de Lodi est une des plus mémorables de cette belle campagne par la valeur que déployèrent les généraux, les officiers de tous grades et les soldats, ainsi que par l'impétuosité avec laquelle ils emportèrent le passage du pont défendu par plus de 30,000 Autrichiens, quatre régiments de cavalerie du roi de Naples, et trente pièces de canon.

Le 24 floréal (13 mai), combat meurtrier devant Pizzighettone, à la suite duquel l'armée française pénétra dans la place, après en avoir enfoncé les portes à coups de canon.

Le 26 floréal (15 mai), entrée de l'armée française à Milan.

Le 11 prairial (30 mai), passage du Mincio, qui donna lieu à la bataille de Borghetto.

Du 11 au 15 prairial (30 mai au 3 juin), il y eut plusieurs petits combats, tous à l'avantage de l'armée française.

Le 11 thermidor (29 juillet), bataille de Salo, et le 16 (3 août), bataille de Lonato. L'intrépide Masséna, qui occupait la ville, fut, malgré ses efforts, obligé d'abandonner cette position aux Autrichiens de Quasdanowich ; mais Bonaparte, accouru à son secours, enfonça l'ennemi et reprit Lonato.

Le 18 thermidor (5 août), bataille de Castiglione. Les généraux Masséna, Augereau, Serrurier, Guyeux, les adjudants généraux Verdier et Vignolle s'y distinguèrent particulièrement. Junot, aide-de-camp du général Bonaparte, chargea l'ennemi à la tête des guides. Dans cette charge, il reçut cinq coups de sabre, mais tua six hommes de sa main, et força un colonel autrichien blessé par lui de se rendre.

Le général Valette, qui avait abandonné le pont de Castiglione dans la journée du 17 thermidor, fut destitué de son commandement et envoyé sur les derrières de l'armée.

Dans les trois affaires de Salo, Lonato et Castiglione, nous fîmes plus de 15,000 prisonniers, et l'armée autrichienne perdit la plus grande partie de son artillerie et de ses bagages.

Le 19 thermidor (6 août), le chef de brigade Suchet, à la tête de la 18ᵉ demi-brigade, mit les Autrichiens en déroute, leur prit dix pièces de canon, et délivra la place de Peschiera, où le général Guillaume se trouvait bloqué avec 400 hommes seulement.

Le 24 thermidor (11 août), combat de la Corona et reprise de toute la ligne du Mincio, qui avait été abandonnée quelques jours avant la bataille de Castiglione.

Le 7 fructidor (24 août), défaite des Autrichiens à Borgo-Forte et Governolo.

Le 17 fructidor (3 septembre), combat de Seravalle, et le 18 fructidor, batailles de Roveredo et de Calliano, qui firent tomber la ville de Trente en notre pouvoir le lendemain. Ces deux batailles sont de celles où les Français montrèrent combien ils étaient supérieurs à leurs adversaires. Le général Dubois fut tué à la tête du 1ᵉʳ régiment de hussards. Le 8ᵉ bataillon des grenadiers, où j'étais, fut chargé de rendre les honneurs funèbres à ce brave, qui fut enterré à Alla, grand village à environ deux lieues de Roveredo sur la route de Vérone. Ce général fut vivement regretté du général en chef et de toute l'armée

Le 21 fructidor (7 septembre), combats de Primolano et de Cevalo. Les Autrichiens, malgré une défense opiniâtre, et bien qu'ils fussent retranchés, ne purent tenir contre l'impétuosité de nos troupes. Plus de 4.000 d'entre eux et 12 pièces de canon tombèrent en notre pouvoir.

Le 22 fructidor (8 septembre), bataille de Bassano. Les Français prirent à l'ennemi trois pièces de canon, et firent 5,000 prisonniers, parmi lesquels un grand nombre d'officiers supérieurs. Comme à Lodi, les troupes françaises, en colonne serrée et au pas de course, emportèrent le pont de la Brenta. A trois heures après midi, la bataille était gagnée, et l'armée autrichienne coupée de ses communications avec les Etats héréditaires. A la suite de cette journée mémorable, Lannes, qui avait fait des prodiges de valeur, fut élevé au grade de général de brigade.

Dans la nuit du 24 au 25 fructidor (10 au 11 septembre), passage de l'Adige, près de Ronco. Je faillis être tué dans la journée du 25, par un boulet de canon, qui vint tomber dans la terre du talus d'encaissement de la rivière, à environ un pied au-dessous de moi, dans la direction du milieu du corps.

Le 26 fructidor (12 septembre), combat de Cerea, où mon bataillon se distingua. Comme j'eus moi-même occasion de m'y faire remarquer par le général Victor et plusieurs officiers, je crois devoir entrer ici dans quelques détails.

L'avant-garde de notre armée tenant tête à l'armée autrichienne, concentrée pour effectuer sa retraite sur Mantoue, était obligée de rétrograder. Bonaparte accourut au secours de son avant-garde culbutée, mais faillit être fait prisonnier. Il ne dut probablement son salut qu'à la vigoureuse résistance du 8ᵉ bataillon de grenadiers. Celui-ci dut à son tour suivre le mouvement de retraite de nos troupes. Dans ce mouvement, une pièce de canon était tombée dans un fossé et avait été abandonnée. A mon appel, plusieurs d'entre mes camarades accoururent, nous parvînmes en quelques minutes, malgré les balles, à la relever et à la remettre entre les mains du commandant de l'artillerie attaché à la brigade du général Victor. Ce général, qui se trouvait en ce moment avec le commandant, me félicita de ma conduite et m'assura qu'il ne dépendrait pas de lui que je ne fusse récompensé. Mais comme, deux jours après, il fut blessé ainsi que moi, je n'eus d'autre récompense que la satisfaction d'avoir bien rempli mon devoir de soldat et une gratification de 240 francs pour les deux chevaux attelés à la pièce de canon, lesquels furent considérés par le commandant comme une prise sur l'ennemi, et à ce titre payés 120 francs par tête.

Le 28 fructidor (14 septembre), combat de Saint-Georges devant Mantoue. Cette affaire fut l'une des plus meurtrières de la campagne. La division Masséna, à laquelle appartenait mon bataillon, surprit l'ennemi dans son camp, et, avec l'impétuosité habituelle à nos troupes, l'avant-garde voulut poursuivre les Autrichiens sans s'inquiéter de leur nombre. Elle fut ramenée presqu'en désordre malgré les efforts de Masséna, et nous aurions eu à déplorer un échec sans l'arrivée du 8ᵉ bataillon de grenadiers, de la 32ᵉ demi-brigade d'infanterie de ligne et du 20ᵉ régiment de dragons.

Je reçus dans ce combat deux blessures graves, l'une au côté droit et l'autre à la main droite. Le général Victor, ayant été blessé également, ne put, ainsi que je l'ai dit, remplir la promesse qu'il m'avait faite à Cerea.

Le 22 brumaire an v (12 novembre), à peine guéri de mes blessures, je rejoignis mon bataillon à Caldiero. J'y arrivai le jour même où les divisions Masséna et Augereau s'y trouvaient engagées avec la plus grande partie de l'armée autrichienne, commandée par Alvinzi et Provera. Ces derniers s'attribuèrent la victoire, mais ils s'aperçurent, quelques jours après, que notre retraite n'avait été qu'une ruse de guerre.

Les 25, 26 et 27 brumaire (15, 16 et 17 novembre), bataille d'Arcole. Les péripéties de ces trois glorieuses journées sont présentes à toutes les mémoires ; il est inutile de les rapporter ici.

Du 22 au 27 brumaire, l'ennemi perdit plus de 25,000 hommes tués, blessés ou fait prisonniers.

Le 25 nivôse (14 janvier 1797), bataille de Rivoli. Elle est l'une des plus mémorables victoires remportées par l'immortelle armée d'Italie. Les militaires français qui y prirent part y déployèrent un courage et une valeur presque inouis jusque-là dans les annales de la guerre. L'armée autrichienne, forte de 40,000 hommes, composée en partie de la plus belle jeunesse de Vienne et de la Hongrie, fut complètement défaite par une armée moitié moins nombreuse. 13,000 prisonniers et 20 pièces de canon tombèrent entre nos mains.

Dans la nuit du 26 au 27 nivôse (15 au 16 janvier), combat d'Anghiari sur l'Adige, entre Legnano et Arcole. Les Autrichiens de Provera forcèrent nos avant-postes et jetèrent un pont sur la rivière ; mais à la pointe du jour, la division Augereau s'empara du pont et, par cette belle manœuvre, coupa la retraite de l'ennemi qui se dirigeait sur Mantoue.

C'est à Anghiari qu'eut lieu un combat singulier entre un

officier du 20ᵉ régiment de dragons et un officier supérieur
de la cavalerie autrichienne. A l'exemple des anciens Ro-
mains, le Français vainqueur s'empara des armes de son
adversaire pour servir de trophée à sa victoire.

Le 27 nivôse (16 janvier), bataille de la Favorite. Provera,
après avoir passé l'Adige, se dirigeait sur Mantoue pour
tenter de débloquer cette place ; mais Augereau, après avoir
détruit le pont d'Anghiari et fait prisonnières les troupes que
l'ennemi y avait laissées, sans perdre de temps se mit à la
poursuite de son adversaire, et l'atteignit à Saint-Georges,
où il était déjà aux prises avec les vainqueurs de Rivoli, qui
venaient au secours des assiégeants. Provera et toute sa
division, composée en grande partie de volontaires de Vienne
auxquels l'impératrice avait remis un drapeau brodé de ses
mains, furent pris. L'artillerie et les bagages de cette partie
de l'armée ennemie eurent le même sort.

Toutes ces batailles et ces combats amenèrent enfin la
capitulation de Mantoue. Nos troupes entrèrent dans cette
place le 15 pluviôse (3 février) et y trouvèrent 500 pièces de
canon et 60 drapeaux ou étendards, que le général Augereau
fut chargé de porter à Paris.

Le même jour, défaite des troupes du pape sur le Senio, au
pont de Castel-Bologneri, à environ une lieue et demie de
Faenza. En moins d'une heure, les Français mirent en déroute
complète l'armée papale sans presque faire usage de leurs
armes. Nos troupes étaient commandées par le général
Victor, qui venait d'être nommé général de division, en récompense de sa conduite dans les affaires où il s'était trouvé
depuis l'entrée en Italie des armées de la République. Le
cardinal Ruffo et le général Colli étaient à la tête des troupes
papales, qui se sauvèrent en désordre en abandonnant la
ville de Faenza, que nous occupâmes le même jour.

En entrant dans cette ville, comme je serrais de près un
cavalier du pape, celui-ci me lâcha un coup de pistolet, dont
la balle m'atteignit sous l'aisselle gauche. J'aurais pu tuer
mon adversaire, mais j'en voulais à sa monture plutôt qu'à
sa vie ; aussi, dans la crainte d'abattre le cheval ou tout au
moins de lui faire du mal, je ne tirai pas, et quoique blessé,
je continuai à poursuivre le cavalier, dans l'espoir de le faire
prisonnier tout monté et équipé. Il ne pouvait manquer de
tomber en mon pouvoir dans le cul-de-sac où il avait été

forcé de s'enfiler, c'est pourquoi, se voyant bloqué sans espoir de m'échapper il se rendit de bonne grâce en m'offrant une quinzaine de francs qu'il avait dans une bourse en cuir. Je la lui rendis après en avoir examiné le contenu, mais je m'emparai du cheval, dont j'obtins 120 francs. Cela fut plus profitable pour moi que la vengeance que j'aurais pu, en le tuant, tirer de celui qui m'avait blessé ; je dois avouer cependant que le cavalier romain dut la vie plutôt au désir que j'avais de posséder son cheval sain et sauf qu'à tout autre motif.

Le 9 février (21 pluviôse), prise de la ville d'Ancône. Les troupes du pape y montrèrent peu de courage, et leurs chefs, une grande ineptie. Nos soldats étaient tellement indignés de la conduite des uns et des autres, qu'ils disaient que pour leur faire la guerre ils n'avaient pas besoin de cartouches, que leurs baïonnettes suffisaient, et même qu'on pouvait les vaincre en se présentant devant eux l'arme au bras.

Le 10 février (22 pluviôse), entrée des troupes françaises à Lorette. Le général Bonaparte s'empara de la statue de la Vierge qui y était vénérée depuis des siècles et l'envoya au Directoire.

L'avant-garde de notre armée avait atteint Foligno lorsque le traité de Tolentino, signé le 19 février (1ᵉʳ ventôse), vint arrêter sa marche et ses succès.

Après la paix de Tolentino, mon corps d'armée reçut l'ordre de se rendre à Livourne, en passant par Assise, Perrugia, Siena et Pise. Arrivé à Livourne, je dus entrer à l'hôpital pour y faire soigner la blessure que j'avais reçue à Faenza.

Comme je n'avais pas voulu quitter ma compagnie, les fatigues de la campagne que nous venions de faire avaient fait enfler mon bras et la gangrène s'était introduite dans la plaie. Il ne fut rien moins question que de me faire l'amputation du membre blessé. Un religieux de l'hôpital m'avertit de la décision prise à mon égard par les esculapes dudit hôpital, et me dit en même temps que si je voulais me confier à lui, il promettait de me faire désenfler le bras dans trois ou quatre jours, et de faire disparaître en même temps tous les signes de gangrène qui paraissaient dans ma blessure. Cet homme me parut de si bonne foi que je suivis ses conseils sans hésiter, et dès le jour même, je me mis entre ses mains, sans souffrir d'être soigné par d'autres que par lui. Il réalisa de point en point ce qu'il m'avait promis ; car, au bout de quinze jours, je fus tout à fait guéri et je pus, après avoir remercié mon bon religieux de ses soins, sortir de l'hôpital sans y laisser mon bras ou peut-être mon corps en entier.

Pendant que j'étais retenu à Livourne, le corps auquel j'appartenais s'était embarqué pour Bastia, et je fus le rejoindre. La gangrène ayant attaqué quelques nerfs de mon bras et fait diminuer une partie de sa grosseur et de ses forces, mon capitaine, quelques jours après mon arrivée, obtint que je fusse envoyé aux eaux de Digne pour faciliter mon entière guérison. Je m'embarquai pour la France le 23 juin (5 messidor an v), et j'arrivai à Digne le 10 juillet (22 messidor). J'y fis deux saisons dans la même année ; la seconde prit fin le 4 septembre 1797 (18 fructidor).

Le petit bâtiment qui me transporta de Livourne en Corse fit naufrage au cap Corse. Ce ne fut que par un miracle de la Providence que le navire ne fut pas perdu corps et biens. Nous ne dûmes notre salut qu'à une felouque napolitaine qui, par un heureux hasard, se trouvait à notre portée au moment du naufrage et dont l'équipage vint à notre secours.

Je n'en avais pas fini avec les dangers avant mon retour en France. En m'embarquant pour me rendre à Digne, je tombai à la mer, et je ne fus sauvé de ce nouveau péril que par la promptitude avec laquelle un marin du navire me repêcha au moyen d'un crochet en fer, qu'en terme de marine on appelle *gaffe*.

Je quittai les eaux de Digne en même temps qu'un sergent de ma compagnie. Nous fûmes dirigés sur Toulon, où nous devions nous embarquer pour la Corse. Arrivés dans ce port, le commissaire des guerres, Laigle, changea notre destination et nous donna une feuille de route pour Aix, où était une partie de la demi-brigade du Jura et de l'Hérault, à laquelle nous appartenions réellement. Nous partîmes donc de Toulon pour Aix, où nous arrivâmes deux jours après, non sans avoir fait une rencontre assez désagréable. Deux heures environ avant d'arriver à destination, nous fûmes arrêtés par une bande de Chouans qui nous injurièrent et nous menacèrent, sans cependant en venir aux voies de fait. Ils ne nous cachèrent pas, en termes peu mesurés, que s'ils étaient certains que nous eussions fait partie de l'armée d'Italie, ils ne nous laisseraient pas passer ainsi. Un honnête paysan qui faisait route avec nous depuis Roquevaire nous avait avertis que dans le cas où nous serions rencontrés par une des bandes qui parcouraient alors la Provence, il ne fallait pas nous donner comme venant de l'armée d'Italie, ce que nous nous gardâmes de faire. Dès notre arrivée à Aix, nous fîmes notre rapport au commandant de place. Un détachement fut immédiatement envoyé à la poursuite des Chouans, mais rentra sans avoir rien capturé.

Après quelques jours de repos à Aix, nous fûmes de nouveau renvoyés à Toulon pour faire partie de la 80ᵉ demi-brigade d'infanterie de ligne, organisée avec la 13ᵉ demi-brigade et quelques bataillons de volontaires qui se trouvaient dans cette place.

La 80ᵉ demi-brigade formée, ma compagnie et la 2ᵉ de grenadiers furent envoyées à Tende, où elles restèrent jusqu'au 1ᵉʳ mai 1798 (floréal an VI). Nous passâmes donc l'hiver de 1797 à 1798 dans ce mauvais cantonnement, que nous quittâmes pour nous rendre à Gênes et nous y embarquer à destination de l'Egypte. A notre arrivée dans cette ville, le convoi auquel nous devions appartenir était depuis plusieurs jours allé rejoindre celui qui était parti de Toulon avec le général en chef Bonaparte. Après deux mois d'attente, à la suite de sollicitations réitérées des officiers et grenadiers des deux compagnies auprès du représentant de la France près la république de Gênes, nous obtînmes enfin de prendre place à bord d'un bâtiment qui devait nous transporter en Egypte. A la hauteur de Malte nous apprîmes le désastre d'Aboukir. Le commandant du navire crut prudent de ne pas aller plus loin et rétrograda sur l'île de Corse, où nous débarquâmes après quelques jours d'une navigation assez heureuse.

Au bout de quinze mois de séjour à Bastia, des troubles s'étant produits dans le canton de Fiumorbo, nous fîmes partie de la colonne envoyée pour les réprimer. Nous trouvâmes tous les habitants du pays en armes. Un premier engagement eut lieu au village de Prunelli, le 26 fructidor an VII (13 septembre 1799), et un second, le lendemain, au village d'Isolaccio. Ce dernier combat fut très vif et dura plus de six heures. J'y reçus une blessure à la cheville du pied droit ; mais en même temps, j'eus le bonheur, quoique

blessé, de contribuer à sauver la vie à M. Bouland, mon
capitaine. Ce brave et digne officier, ayant reçu, à côté de
moi, un coup de feu qui lui traversa la mâchoire supérieure
et l'étendit à terre, j'ordonnai à quatre grenadiers de le relever et de ne plus le quitter. Nous étions alors à la poursuite
de l'ennemi. Mais bientôt les rebelles, favorisés par la
nature du terrain, couvert de broussailles, nous assaillirent
de toutes parts. Comme il était impossible de les atteindre et
de juger de leur nombre, nous fûmes obligés de rétrograder
sous un feu meurtrier. C'est dans ce mouvement de retraite
que ma compagnie perdit le plus de monde : elle eut dix grenadiers hors de combat. Cette compagnie eût, sans aucun
doute, perdu beaucoup moins d'hommes, si elle n'avait tenu
à sauver son capitaine. Ses grenadiers lui étaient tellement
attachés qu'ils se seraient fait tuer jusqu'au dernier, plutôt
que de l'abandonner. Moi-même, quoique blessé, je restai
constamment à l'arrière-garde pour faire le coup de feu.
Dans ce mouvement de retraite d'Isolaccio à la plaine
d'Aleria, les grenadiers du capitaine Bouland, formant
l'arrière-garde de la colonne, tinrent tête à l'ennemi jusqu'à
ce que ce dernier ait été mis dans l'impossibilité de la poursuivre.

Jusqu'en prairial an VIII (juin 1800), il ne se passa rien de
bien remarquable en Corse, sinon le débarquement, à Ajaccio,
du général Bonaparte revenant d'Egypte, le 15 fructidor
an VII. Son arrivée eut un retentissement extraordinaire
dans toute la Corse.

Pendant une autre expédition que nous fîmes au Fiumorbo
en juin 1800, il se passa un fait qui fort heureusement ne se
produit pas souvent parmi les troupes françaises, où la discipline est toujours parfaitement observée.

Il y avait plus de huit mois que les troupes de Corse
n'avaient reçu leur solde, et, depuis quelque temps déjà, elles
murmuraient de se voir sans autres ressources que le pain et
la viande de la ration journalière. Elles n'attendaient pour
réclamer leur solde arriérée que le moment où elles seraient
réunies en assez grand nombre. Le lendemain de la jonction
d'environ trois mille hommes dans la plaine d'Aleria, et en
face même de l'ennemi, les compagnies des divers corps se
concertèrent pour l'exécution de leur projet. Afin de ne pas
laisser le champ libre aux rebelles, elles arrêtèrent que les

compagnies du centre resteraient pour contenir l'adversaire, tandis que celles des grenadiers, sans chefs (afin que la responsabilité de l'affaire ne pût retomber sur eux), formeraient une colonne qui se rendrait à Corte auprès du commissaire du gouvernement, Salicetti, arrivé de France avec le général Cervoni. Ceux-ci, disait-on, venus pour préparer une expédition contre la Sardaigne, apportaient de l'argent pour solder l'arriéré des troupes. La colonne des grenadiers, quoiqu'elle manquât d'officiers et qu'elle eût plus de dix lieues à faire pour arriver à Corte, ne commit aucun désordre, tant les soldats tenaient à ce que leur démarche ne fût pas mal interprétée. Il avait été arrêté avant le départ, que le premier d'entre eux qui se permettrait une dégradation dans une propriété ou une vexation envers l'habitant, serait fusillé sur-le-champ. Les chefs militaires et le commissaire du gouvernement ne considérèrent pas moins cet acte comme une atteinte grave à la discipline, et ils s'empressèrent de prendre des mesures pour empêcher les réclamants d'entrer en ville, de peur que la mutinerie ne gagnât les troupes qui s'y trouvaient. Le général Cervoni, le commissaire Salicetti et le général Hambert, commandant supérieur en Corse, déployèrent en cette circonstance autant de fermeté que de prudence. Ils déterminèrent les grenadiers à retourner au poste qu'ils avaient abandonné, en promettant à ces braves de tout oublier s'ils rentraient dans le devoir. La colonne de grenadiers revint à la plaine d'Aleria, où elle se réunit aux autres troupes, sans avoir commis, pas plus qu'à l'aller, la moindre déprédation. Ainsi finit cette escapade, que le souvenir d'une discipline juste et sévère, et le respect de chefs prudents et courageux suffirent à faire avorter.

Lorsque tout fut rentré dans l'ordre, les troupes d'Aleria furent dirigées sur divers cantonnements. Ma compagnie et celle de la même demi-brigade qui était en Corse, reçurent l'ordre de se rendre à Cervione, petite ville à dix lieues de Bastia. Peu après notre arrivée mourut M. Lussac, qui avait, dans le commandement du détachement, remplacé le capitaine Bouland, rentré en France pour faire soigner sa blessure.

Nos deux compagnies de grenadiers se trouvaient, par cette mort, pour ainsi dire abandonnées. Elles n'avaient plus qu'un lieutenant et un sous-lieutenant, braves au combat, il est vrai, mais peu capables d'être à la tête des deux belles et bonnes compagnies dont les circontances venaient de leur donner le commandement. Sous-officiers et grenadiers se déterminèrent à exposer leur situation au général Hambert, en le priant de vouloir bien leur donner ordre de rejoindre leur demi-brigade, qui était alors à l'armée des Grisons.

Entre l'envoi de cette supplique et la réponse, je reçus l'ordre d'aller, avec douze grenadiers, dans les montagnes, à une quinzaine de lieues, pour faire rentrer les contributions arriérées. A peine arrivé dans le canton qui m'avait été indiqué, je fus avisé que les compagnies de grenadiers allaient s'embarquer à Bastia. On m'enjoignait de faire toute diligence pour les rejoindre dans cette ville, et on me donnait avis que quatre grenadiers avec des mulets pour porter nos sacs nous attendraient à Cervione. Nous partîmes en toute hâte. Parvenus à environ quatre lieues de Bastia, à une ferme appelée l'Arena, mes grenadiers étaient si fatigués que je crus devoir leur faire prendre un repos de quelques heures. Nous nous remîmes en route vers deux heures du matin. A deux cents pas plus loin, je m'aperçus que j'avais oublié une jolie petite gourde corse à laquelle je tenais beaucoup, et je me rappelai en même temps l'avoir déposée dans l'embrasure d'une fenêtre de la ferme. Je recommandai à mes hommes de continuer leur marche au petit pas en attendant que je les eusse rejoints, puis je me hâtai de rétrograder et de revenir aussi promptement. A peu près à l'endroit où j'avais quitté mon détachement, je fus couché en joue par quatre bandits. Ils s'approchèrent en même temps de moi, me mirent un pistolet et des poignards sur la poitrine, en me demandant où j'allais et d'où je venais. Sur ma réponse, l'un d'eux me dit : « Nous te laisserons poursuivre ta route, mais donne-nous ton fusil, sinon tu es mort. — Puisque vous êtes les plus forts, répondis-je sans hésiter, il me faut vous le donner; mais quand bien même vous me tueriez, ce crime ne vous serait d'aucune utilité, puisque je me rends à Bastia pour m'y embarquer et quitter la Corse sans doute pour toujours. » Après ce court dialogue, l'homme au pistolet me dit en saisissant mon fusil : « Donne-moi ton fusil, va-t'en bien vite et ne reparais pas dans ce pays. » Je ne me fis pas répéter deux fois cette injonction si impérative et je décampai au plus vite, car, dans ma situation, il n'y avait pas à délibérer et encore moins à parlementer avec ces bandits. Je crus qu'au moment où je m'éloignerais, ils ne manqueraient pas de faire feu sur moi, mais mes pressentiments ne se vérifièrent pas, et je me tirai de leurs mains sans autre accident que la perte de mon fusil. J'ai toujours pensé, qu'en cette circonstance, je dus la vie à la franchise de ma réponse et à l'observation que je leur fis de l'inutilité d'un crime sur ma personne. On peut croire aussi que les bandits, ayant vu passer mon détachement, n'osèrent faire feu, de crainte que les grenadiers, éloignés de trois cents pas au plus, ne fussent retournés sur leurs pas. J'étais fâché de laisser mon arme entre leurs mains, et je puis assurer que, s'ils n'avaient été que deux, je n'aurais pas balancé à en abattre un d'abord et à me débattre ensuite avec l'autre. Pour finir, je dois ajouter que, malgré le calme apparent que j'avais montré en face de ces bandits, je n'en étais pas moins très agité intérieurement, et j'ai toujours considéré cet événement comme la cause de la maladie que j'ai faite à mon retour en France.

Après avoir débarqué à Toulon, nous fîmes route pour Marseille, où nous séjournâmes environ trois mois. A notre arrivée, nous eûmes le bonheur d'y trouver notre brave et digne capitaine Bouland, tout à fait remis de sa blessure du Fiumorbo. Il obtint de nous faire habiller de pied en cap, ce dont nous avions le plus grand besoin, car il y avait plus de deux ans que nous n'avions reçu aucun effet d'habillement.

Nous arrivâmes à l'armée des Grisons dans les premiers jours de pluviôse an ix (fin janvier 1801), et le 21, je fus nommé sergent. Nous arrivions trop tard pour participer aux opérations les plus remarquables de cette armée ; nous ne fîmes que de très fortes marches et contre-marches dans les montagnes entre le Splugen et Trente. Bien que cette campagne des Grisons n'offre pas une suite de combats mémorables, elle n'en fut pas moins glorieuse pour Macdonald et son armée, car celle-ci eut, sous un climat âpre, à franchir des passages encombrés de neige, tels que le Simplon, le Splugen, le mont Tonal, au milieu des plus grandes privations.

Après la paix de Lunéville, nous quittâmes nos cantonnements pour nous rendre à Chambéry, en passant par le mont Tonal, Bergame, Milan, Turin et le mont Cenis. C'est à notre passage à Turin que j'appris la mort de mon père et celle de l'un de mes cousins, qui était dans l'artillerie. En m'annonçant la mort de mon père, mes parents m'engageaient à solliciter une permission pour aller arranger des affaires de famille. Je ne pus obtenir qu'en fructidor un congé de sept mois, à l'expiration duquel je rejoignis à Chambéry.

A peine arrivé dans cette ville, le corps auquel j'appartenais dut aller tenir garnison à Wissembourg. Nous y restâmes du 15 messidor an x (4 juillet 1802), jusqu'au 14 prairial an xi (3 juin 1803). Dans cet intervalle, un bataillon et toutes les compagnies de grenadiers de notre demi-brigade s'étaient rendus à Bâle, afin de se joindre aux troupes de Ney, envoyé en Helvétie pour y apaiser des troubles.

De Wissembourg nous fûmes envoyés à Mayence, où, en vertu d'une nouvelle organisation, la 80ᵉ demi-brigade devint le 34ᵉ régiment d'infanterie de ligne. Nous fûmes ensuite dirigés sur le camp de Boulogne, où nous arrivâmes en ventôse an xii (mars 1804).

Etant au camp de Boulogne, je fus assez souvent embarqué sur la flottille où chaque régiment, suivant son effectif, fournissait un détachement de deux à trois cents hommes. J'eus plusieurs fois l'occasion de me faire remarquer en allant en rade, car si nos bateaux plats ne pouvaient aller affronter l'escadre anglaise, composée de bâtiments de haut bord, mouillés à environ une lieue et demie, nous n'en résistions pas moins avec vigueur lorsque les Anglais venaient nous attaquer.

Le 5 fructidor an xiii (23 août 1805), je fus nommé sergent-major dans mon régiment.

C'est dans le temps que l'armée française, rassemblée aux camps de Boulogne, Montreuil et Dunkerque, se préparait à une descente en Angleterre, que le premier consul fut proclamé empereur sous le nom de Napoléon Iᵉʳ, et que les armées autrichiennes, soudoyées par les Anglais, envahissaient la Bavière sans déclaration de guerre.

Napoléon s'empressa de porter son armée des côtes de l'Océan à la rencontre des Autrichiens. Nous quittâmes nos camps le 8 fructidor an xiii (26 août), et après dix jours de marche, nous arrivâmes à Spire, où nous traversâmes le Rhin sur un pont de bateaux. D'autres corps passaient en même temps ce fleuve à Strasbourg, à Mannheim et à Mayence.

De Spire, nous allâmes, sans nous arrêter et sans rencontrer l'ennemi, jusqu'à Donauwœrth. Après avoir franchi le pont du Danube qui est auprès de cette ville, le 15 vendémiaire an XIV (7 octobre), la division Suchet, de laquelle faisait partie le 34ᵉ, fut placée sous les ordres du maréchal Lannes, pour concourir à former le 5ᵉ corps. Celui-ci, qui était l'avant-garde de la Grande Armée, se composait de la division des grenadiers réunis, sous les ordres d'Oudinot, des divisions Suchet et Gazan, des 1ᵉʳ, 9ᵉ et 10ᵉ hussards, et de deux régiments de chasseurs à cheval.

Le lendemain, nous rencontrâmes l'ennemi au village de Wertingen, où, après un combat assez important, nous fîmes 2.000 prisonniers. Parmi eux se trouvait un officier supérieur autrichien qui, voyant passer l'Empereur tout crotté dans les rangs de nos soldats couverts de boue jusqu'aux genoux, s'écria en ma présence : « Puisque j'ai eu le bonheur de voir ce grand homme si indignement calomnié dans mon pays, je suis content, et je supporterai ma captivité avec plus de résignation. »

Le 17 vendémiaire (9 octobre), combat de Gunzbourg, où une partie seulement de notre avant-garde fut engagée contre des forces bien supérieures. D'après les résultats de ce combat, on put prévoir ce que l'on pouvait attendre des journées qui allaient suivre.

Le 21 vendémiaire (13 octobre), combat d'Elchingen. Le 6ᵉ corps d'armée, sous les ordres de Ney, y fut le plus particulièrement engagé. Le 5ᵉ corps se trouvait placé de manière à lui servir de réserve ; mais les troupes de Ney, à l'exemple de leur intrépide maréchal, y déployèrent tant de valeur, que notre corps n'eut pas besoin de prendre part à l'action, qui fut une des plus glorieuses de la campagne.

Le 22 vendémiaire (14 octobre), bataille d'Ulm. Le 5ᵉ corps prit les armes à quatre heures du matin et se mit en mouvement pour passer le Danube, sur un pont situé entre Gunzbourg et Elchingen, afin de se réunir au corps de Ney, pour enlever avec celui-ci la formidable position de Michelsberg et rejeter l'ennemi dans Ulm. Notre division (Suchet) était composée du 17ᵉ d'infanterie légère, colonel Védel ; du 34ᵉ de ligne, colonel Dumoustier ; du 40ᵉ de ligne, colonel Legendre ; du 64ᵉ, colonel Chauvet, et du 82ᵉ, colonel Curial. Les trois premiers de ces régiments furent surtout engagés, et si leur mouvement eût pu être appuyé par des forces plus importantes, la place d'Ulm fût tombée en notre pouvoir ce jour-là.

Le 17ᵉ d'infanterie légère, qui formait tête de colonne, poursuivait si vivement l'ennemi, que quatre compagnies du 1ᵉʳ bataillon, le colonel en avant, entrèrent pêle-mêle avec les Autrichiens dans la place. Toute la colonne aurait infailliblement suivi sans la présence d'esprit d'un officier autrichien, qui donna ordre aux siens de lever le pont-levis. Le mouvement de nos soldats et des ennemis qui se trouvaient encore dehors fut ainsi arrêté, de sorte que le colonel du 17ᵉ et quatre compagnies de ce régiment se trouvèrent enfermés dans la ville, et y restèrent jusqu'à la reddition de la place, qui eut lieu quatre jours après. En revanche, un bien plus grand nombre d'Autrichiens, mêlés avec nous, furent pris hors des portes, tant notre mouvement avait été prompt et vigoureux.

Ces deux grandes journées de combats et de batailles assurèrent à l'Empereur la place d'Ulm, qui capitula le 26 vendémiaire (18 octobre). 30.000 hommes d'infanterie, 3.000 de cavalerie, 18 généraux, parmi lesquels le généralissime Mack, soixante pièces de canon et quarante drapeaux tombèrent en notre pouvoir.

Les troupes françaises, dans toutes les luttes qui amenèrent la reddition d'Ulm, firent preuve d'un dévouement sans bornes à leur souverain et à leur patrie. Pour juger de l'esprit qui animait les soldats, il suffira de citer un trait. Brud, soldat au 76ᵉ d'infanterie de ligne, sur le point d'avoir la cuisse amputée, dit au chirurgien : « Je sais que je ne survivrai pas à l'opération ; mais qu'importe ! Un soldat de moins n'empêchera pas le 76ᵉ de marcher la baïonnette en avant. »

C'est à la bataille d'Ulm que je fus décoré, et voici comment. Au moment où nous marchions en colonne serrée pour nous emparer de la plus importante des redoutes établies sur les hauteurs de Michelsberg, d'où l'ennemi faisait sur notre régiment un feu d'artillerie terrible, l'empereur Napoléon passa devant le 34ᵉ et dit au colonel Dumoustier : « Colonel, j'accorde onze décorations à votre régiment ; vous en donnerez une au sergent-major de la 1ʳᵉ compagnie de grenadiers, et les dix autres à dix sous-officiers à votre choix. » Je n'entendis pas les paroles de l'Empereur, mais après la prise de la redoute, le colonel me dit : « Puffeney, j'ai une bonne nouvelle à vous annoncer ; l'Empereur, en passant devant nous, m'a dit qu'il donnait onze décorations à onze sous-officiers du régiment ; il m'a ordonné de vous en attribuer une comme sergent-major de la 1re compagnie, les dix autres sont laissées à mon choix. Sa Majesté ne vous eût-elle pas désigné d'avance et n'y eût-il qu'une décoration pour le régiment, elle était pour vous. » Je ne pus qu'être très sensible à ce témoignage de bienveillance de mon colonel, je le priai d'agréer toute ma reconnaissance et l'assurai que je ferais mon possible pour augmenter, par ma conduite future, la bonne opinion qu'il avait de moi et mériter de porter sur ma poitrine le signe des braves.

Quelques jours après, j'eus une nouvelle preuve de l'intérêt que me portait mon colonel. Je reçus une autre nomination de membre de la Légion d'honneur datée du 13 thermidor an XIII (1er août), par conséquent de deux mois antérieure à la précédente. Cette nomination m'arrivait à la suite d'une proposition faite par mon colonel sur le vu de mes états de service, qui comportaient déjà deux actions d'éclat. D'après l'avis du colonel, je lui remis mon dernier brevet et je gardai le plus ancien, qui me donnait droit à une allocation de deux mois de plus que l'autre.

Le 6 brumaire (28 octobre), prise de Braunau par le 10e hussards, à la tête duquel se trouvait Lannes. C'est peut-être la première fois qu'on peut citer le fait d'un régiment de cavalerie légère s'emparant de vive force d'une place forte où se trouvaient quarante pièces de canon et une garnison de près de 2.000 hommes.

Le 13 brumaire (4 novembre), combat d'Amstetten, qui n'offrit rien de remarquable, sinon que les Français y rencontrèrent pour la première fois les Russes, venus au secours des Autrichiens. Le début de ces nouveaux adversaires ne fut pas heureux, car il suffit de quelques régiments de cavalerie légère du prince Murat et de quelques bataillons du 5e corps pour les mettre en pleine déroute.

Le 14 brumaire (5 novembre), passage de la Traun, où plus de 10.000 Autrichiens furent défaits par l'avant-garde française.

Le 22 brumaire (13 novembre), entrée des Français à Vienne. Le 5e corps et la cavalerie de Murat furent les premières troupes qui entrèrent dans cette capitale. L'Empereur ne voulut pas y faire son entrée ce jour-là. Il établit son quartier général à Schœnbrunn, château impérial situé à une lieue de Vienne.

Le 24 brumaire (15 novembre), combat d'Hollabrunn dans lequel les Russes et quelque peu d'Autrichiens furent complètement battus. Le lendemain, les Russes furent de nouveau défaits à Geuterdorff par les troupes du 5e corps.

Le 27 brumaire (18 novembre), notre avant-garde s'empare de Brünn, capitale de la Moravie. Dans cette journée, nous fîmes plus de dix lieues. Les chevaux étaient si harassés qu'ils ne pouvaient plus se tenir debout. J'en vis plusieurs, notamment en sortant de Brünn, du côté d'Austerlitz, tomber raide morts sous leurs cavaliers.

Un nommé Durand, grenadier dans ma compagnie, au moment où s'abattait mourante la monture d'un cuirassier, dit au général Suchet : « Mon général, voilà comme je veux mourir, moi, le sac sur le dos. » Suchet, qui connaissait le grenadier, répondit : « Ce que tu viens de dire, Durand, est bien digne d'un brave comme toi ; je te promets de m'en souvenir en temps opportun. » Le général tint parole. Durand fut décoré peu de temps après la bataille d'Austerlitz, où sa belle conduite fut remarquée par le colonel. Du reste, il méritait depuis longtemps cette récompense, puisqu'il comptait au nombre de ses campagnes celle d'Egypte.

Le 11 frimaire (2 décembre), mémorable bataille d'Austerlitz, gagnée par Napoléon sur les armées russes et autrichiennes commandées par Kutusow, sous les yeux des empereurs de Russie et d'Autriche. Dans cette bataille, moins de 60.000 Français, dont près de 15.000 ne prirent aucune part au combat, détruisirent presque entièrement une armée de plus de 120.000 hommes (1).

Il n'est pas possible de rapporter tous les traits d'héroïsme qui marquèrent cette journée glorieuse et à jamais célèbre ; je me bornerai à en rappeler quelques-uns.

Dans les premiers instants de la bataille, le général Valhubert fut grièvement blessé par un éclat d'obus. Ses frères d'armes, à qui leur attachement pour lui faisait oublier leur devoir, s'étant portés à son secours, il les repoussa en disant : « Souvenez-vous de l'ordre du jour de l'Empereur ; si vous

(1) Il y a ici quelque exagération. Les Français étaient au nombre de près de 80.000, et les Austro-Russes étaient 90.000 (J. F.).

revenez vainqueurs, on me ramassera ; si vous êtes vaincus,
je n'attache plus de prix à la vie. »

« Je souffre depuis le commencement de la bataille, disait
un grenadier blessé, mais je serai content si nous avons la
victoire, parce que tout le monde aura bien fait son devoir. »
« Sire, disait un autre en voyant passer l'Empereur, vous
devez être content de vos soldats. »

Vers les deux heures de l'après-midi, je reçus une blessure
à la jambe droite ; mais ce ne fut qu'après que la victoire eut
été décidée en notre faveur que je dus cesser de prendre part
au combat, car mon régiment, qui avait été un des premiers
engagés, ne tira plus un seul coup de fusil lorsque je tombai.
Je restai sur le champ de bataille jusqu'à onze heures du
soir ; je fus alors relevé, ainsi que les autres camarades qui
n'avaient pu marcher, par les soins des officiers de santé du
régiment. Après avoir été pansé, je fus placé sur une mauvaise voiture de paysan et conduit à Brünn, capitale de la
Moravie, qui se trouve à quelques lieues d'Austerlitz. Dans
cette ville, on ne put trouver à me placer ni dans un hôpital
ni dans une ambulance ; on me déposa dans une brasserie qui
avait pour enseigne : *Au Cheval blanc*, et où se trouvaient
déjà dix blessés étendus sur un peu de paille, dans la salle
qui servait ordinairement aux buveurs. Etant arrivé le dernier dans ce lieu de douleur, je me trouvai le plus près
de la porte. Je ne savais pas le nombre de ceux qui m'avaient
devancé dans ce triste asile, ni comment je m'y trouvais moi-
même. Dans mon état de souffrance, je n'aspirais qu'à un
peu de repos, et comme j'étais bien persuadé que mes compagnons de logement en avaient aussi besoin que moi, je ne
cherchai pas à m'informer de leur nombre. Du reste, pour le
moment, j'avais tout ce que je désirais : un peu de paille, de
l'eau, et j'étais à l'abri du mauvais temps qu'il faisait depuis
quatre heures, c'est-à-dire depuis que nous avions quitté le
champ de bataille.

Nous passâmes le reste de la nuit sans lumière. A la pointe
du jour, lorsque nous nous comptâmes, il y avait six vivants
et cinq cadavres ! Ceux qui n'avaient pas succombé ne purent
que jeter un regard bien douloureux sur un aussi lugubre
spectacle et se dire les uns aux autres : « C'est un peu trop
pour une nuit, et si la camarde continue de ce train-là, elle
aura bientôt fait place nette. »

Dès le lendemain, elle commença à calmer un peu son appétit brutal : elle se contenta de l'un de nous, ce qui nous réduisait à cinq.

Je cherchai à sortir de là le plus tôt possible, et je crois que ce fut fort heureux pour moi si je parvins à quitter la brasserie le même jour. Voici par quel concours de circonstances je pus dire adieu à ce morne séjour. Un de mes compatriotes, le capitaine Javel, faisait partie du troisième bataillon de mon régiment, bataillon qui avait été chargé de la garde de la citadelle de Brünn pendant la bataille d'Austerlitz. A ma prière, il était déjà venu me voir, et deux jours après la bataille, les sous-officiers et quelques grenadiers de ma compagnie, étant arrivés à Brünn pour s'enquérir de mon sort, s'adressèrent directement au capitaine Javel, qui s'empressa de venir avec mes camarades pour leur indiquer où je me trouvais. Il contribua de tout son pouvoir à me faire transporter dans une ambulance, où je fus plus à portée de recevoir les soins que réclamait ma blessure.

Voulant conserver toute ma vie la plus grande et la plus sincère reconnaissance envers tous ceux qui prirent le plus vif intérêt à ma position, je veux consigner ici leurs noms. Ce sont : M. Cadillon, mon capitaine ; M. Billobé, mon lieutenant ; M. Tissot, mon sous-lieutenant et compatriote ; la plus grande partie des officiers du régiment, et notamment mon colonel, qui, en cette circonstance, me donna des marques toutes spéciales de bienveillance. Je dois également mentionner M. Massé, aide-major au 2ᵉ bataillon du régiment, qui eut un soin tout particulier de moi à l'hôpital ; les sous-officiers de la compagnie, Boucher, Néron, Dubois et Sergent, mon fourrier, Platté, le grenadier Chénel, et surtout la femme du meilleur de mes amis, celle de Boucher, qui s'employèrent de leur mieux pour me faire passer de la brasserie à l'hôpital.

Lorsque mes camarades étaient venus me voir au *Cheval blanc*, je leur avais dis : « Je crois que j'ai bien fait d'apprendre à danser avec vous, car à présent je cours presque après une jambe de bois ; alors adieu la danse. » Il n'en fut heureusement rien, comme on le verra.

Après la paix de Presbourg et l'évacuation de la Moravie, je fus, ainsi que tous les blessés qui pouvaient supporter la voiture ou la marche, dirigé de Brünn sur Vienne. Mais

lorsque nous fûmes arrivés à une journée de marche de cette
capitale, dans une petite ville dont je ne me rappelle plus le
nom, les autorités locales se refusèrent à nous fournir des
chevaux pour remplacer ceux du convoi, qui ne pouvaient
aller plus loin. Nous fûmes obligés d'en réquisitionner, mais
lorsque nous nous mîmes en mesure de faire exécuter notre
réquisition, il se forma un rassemblement de sept à huit cents
habitants, tant de la ville que de la campagne, qui se por-
tèrent en masse du côté du convoi, tandis que d'autres allaient
au clocher pour sonner le tocsin afin de donner l'alarme
aux villages environnants. Au premier signal de cette révolte,
tous les blessés encore capables de se tenir debout saisirent
leurs armes (en partant de Brünn on avait donné des armes
à tous ceux d'entre nous qui n'étaient pas tout à fait privés
de leurs membres) et formèrent de suite un petit bataillon
auquel se joignit un faible détachement du 40ᵉ régiment d'infanterie nous servant d'escorte. Les instigateurs et les
acteurs de cette échauffourée ne tardèrent pas à se convaincre
qu'il était plus facile de former le projet de nous égorger que
de l'exécuter. En moins de cinq minutes, ils se trouvèrent en
face d'environ quatre cents hommes bien armés, prêts à
vendre chèrement leur vie et celle de leurs camarades. C'était
vraiment un spectacle très curieux que de voir cette
phalange improvisée de manchots et de boiteux, dont les uns
avaient un bras en écharpe et les autres des béquilles ou une
jambe de bois, marcher la baïonnette en avant sur cette
bande de furieux, qui prirent la fuite dans toutes les direc-
tions. Après avoir dispersé les assaillants, il fallut ensuite
courir à ceux qui s'étaient rassemblés auprès de l'église pour
sonner le tocsin. Le détachement du 40ᵉ s'acquitta de cette
mission avec autant de courage que de célérité. Deux ou trois
coups de fusil tirés sur cette dernière bande y blessèrent
deux hommes ; le reste fut dispersé à la baïonnette, et tout
fut terminé. Le bourgmestre vint demander excuse pour la
majeure partie des habitants, qui, dit-il, était tout à fait étran-
gère à ce qui venait de se passer. Il nous fournit les chevaux
dont nous avions besoin et nous continuâmes notre route
pour Vienne, où nous arrivâmes dans la journée.

Une fièvre violente, suite des fatigues que j'avais éprouvées en faisant plus de trente lieues avec des béquilles,
m'obligea à entrer à l'hôpital, où je restai une quinzaine. J'y

fus à la porte du tombeau, si bien que pendant quelque temps on me fit passer pour mort au régiment. Un de mes camarades avait dit qu'il m'avait laissé bien malade à Vienne et qu'il ne croyait pas que je pusse en réchapper, ce qui me fit regarder comme un revenant lorsque je rejoignis mon corps.

Ma blessure ne pouvant arriver à une parfaite guérison tant que la balle que j'avais dans la jambe n'en aurait pas été extraite, et, d'autre part, ne voulant pas me laisser opérer par les chirurgiens autrichiens, en qui j'avais peu de confiance, je cherchai, dès que la fièvre m'eut quitté, à sortir de l'hôpital de Vienne pour me rendre à mon régiment, alors en Bohême. Je m'adressai au général Andréossi, qui était resté à Vienne en qualité de commissaire de l'Empereur auprès du gouvernement autrichien. J'obtins de cet excellent général de partir immédiatement, et ordre fut donné à l'officier autrichien qui commandait le détachement de cette nation, chargé d'escorter les blessés jusqu'aux avant-postes de l'armée française, situés sur l'Enns, de me donner place dans sa voiture. Cet officier se conforma exactement à cet ordre le jour du départ ; mais le lendemain, il s'y refusa catégoriquement, me donnant pour raison de son refus, que s'il m'avait accordé une place la veille dans sa voiture, c'était une faveur de sa part, et qu'il était libre de me la continuer ou de me la retirer. Je lui fis observer que la voiture ne lui avait été accordée que sur la demande du général Andréossi et à condition que j'y aurais place tous les jours, jusqu'au terme du voyage ; j'ajoutai que s'il s'obstinait dans son refus, je ne manquerais pas d'en porter plainte à qui de droit ; qu'en attendant, puisqu'il profitait de l'impossibilité où je me trouvais de me faire rendre justice sur-le-champ, je le qualifiais de lâche, et que s'il lui restait assez de loyauté et de courage pour entrer en lice avec moi, je lui ferais voir, malgré mes béquilles, ce que c'était que de manquer aussi insolemment à la parole d'honneur donnée à un général français. Ce véritable cheval de parade me répondit, avec sa morgue autrichienne, qu'en sa qualité de commandant d'un détachement, il en devait compte à son empereur, et que, par ce motif, il lui était défendu de se battre contre moi. « Votre réponse est parfaitement d'accord avec votre conduite, lui répondis-je, et elle me persuade encore davantage que vous êtes le plus lâche des officiers de votre nation. » Je dus donc faire le reste de la route à pied, et ce n'est pas sans endurer de grandes souffrances que je parvins à rejoindre nos cantonnements.

Quelques jours après mon arrivée, nous reçûmes l'ordre de nous rendre dans le pays d'Anspach, où nous restâmes jusqu'au 26 septembre. Pendant notre séjour dans ce pays, nous y fûmes toujours parfaitement bien traités. Nos soldats, soumis à une discipline sévère, s'y comportèrent d'une façon si exemplaire qu'ils étaient fort aimés des habitants, quoique ceux-ci fussent obligés de les loger et de les nourrir.

C'est dans le temps que nous étions dans la province d'Anspach que M. Fauverget, chirurgien-major de notre régiment, me fit, pour extraire la balle que j'avais dans la jambe droite, une opération qui dura quarante-huit minutes. Quoique cette opération fût très longue, très difficile et infiniment douloureuse, je la supportai sans pousser le moindre cri ; je dois dire à la vérité qu'elle fut faite avec la plus grande habileté, malgré la difficulté d'extirper le projectile qui se trouvait logé entre le tibia et le péroné. Après avoir fait l'ouverture, on dut l'arracher avec des pinces. Mon colonel, qui avait voulu assister à l'opération, voyant que je souffrais horriblement, me dit : « Si quelques cris peuvent vous soulager, ne vous gênez pas. » Je lui répondis : « Vous n'entendrez d'autres cris de moi, mon colonel, que quelques f... qui pourraient s'échapper furtivement de ma bouche, et quoique je souffre beaucoup, j'espère bien être assez dispos pour pouvoir aller à la grande manœuvre de la fête de l'Empereur. » En effet, quatorze jours plus tard, je pris part à cette manœuvre, après laquelle mon colonel me conduisit au grand dîner donné par le maréchal Mortier, commandant le corps d'armée, à l'occasion de la fête. Tous les généraux et officiers supérieurs du corps d'armée s'y trouvaient et une grande partie des capitaines de grenadiers ; j'étais le seul sous-officier du régiment qui y fût présent. Après le dîner, je fus présenté à M. le maréchal par le général Suchet, auquel mon colonel avait rendu compte de la façon courageuse avec laquelle j'avais supporté l'opération de l'extraction de la balle. Le maréchal dit aussitôt à mon colonel de me proposer au grade de sous-lieutenant à la première place vacante dans notre régiment. Mon colonel répondit qu'il y avait deux vacances de ce grade, dont l'une au choix des officiers et l'autre au choix du gouvernement ; que probablement je serais choisi par les officiers, mais que si, contre son attente, il en était autrement, il me proposerait au choix du gouvernement. En effet, le 23 septembre suivant, je fus nommé sous-lieutenant au choix, et c'est en cette qualité que je fis les campagnes de Prusse et de Pologne.

La guerre qui se préparait entre la France et la Prusse, étant sur le point d'éclater, nous reçûmes ordre de quitter nos cantonnements du pays d'Anspach, le 26 septembre 1806. Nous nous transportâmes immédiatement sur le Mein, que nous passâmes à Makbreide, et le 8 octobre, à Cobourg, nous joignîmes l'ennemi qui prit la fuite à la vue de notre avant-garde. Ce ne fut que deux jours après que nous pûmes enfin le rejoindre et lui faire connaître ce qu'il devait attendre de l'issue de la campagne qui allait s'ouvrir.

Le 5e corps, qui venait d'être mis de nouveau sous les ordres du maréchal Lannes, rencontra le 10 octobre, au matin, dans la plaine de Saalfeld, l'avant-garde ennemie, forte de 25 à 30.000 hommes (1), et commandée par le prince Louis de Prusse. L'attaquer et la mettre en déroute fut pour nous l'affaire de quelques heures. Le 38e régiment d'infanterie de ligne de la division Suchet et toute la division Gazan de notre corps d'armée, ainsi qu'un régiment de chasseurs à cheval, ne prirent aucune part à ce combat, car ces troupes étaient encore engagées dans le défilé des montagnes que nous venions de traverser pour arriver dans la plaine où l'avant-garde de l'armée prussienne nous attendait. Elle y avait pris une si mauvaise position, que lorsque la division Gazan commença à déboucher du défilé précité, cette avant-garde était déjà en pleine déroute. Ainsi, au début de cette campagne, qui devait être si fatale à la monarchie prussienne, il suffit d'à peu près 10.000 Français pour détruire presque complètement une avant-garde ennemie de 25 à 30.000 combattants. Dans ce combat mémorable, le maréchal Lannes et le général Suchet déployèrent de grands talents militaires et une intrépidité qui fut imitée par tous les soldats. Les Prussiens perdirent toute leur artillerie et leurs bagages ; leur général en chef fut tué par un maréchal des logis du 10e hussards,

(1) THIERS (*Le Consulat et l'Empire*) donne 9.000 (J. F.).

et avec lui 1.500 hommes ; on fit 1.800 prisonniers (1).

Le 14 octobre, eut lieu la mémorable bataille d'Iéna, où les Français se couvrirent d'une gloire immortelle. La défaite des Prussiens fut des plus complètes : plus de 20 généraux et 30 à 40.000 hommes prisonniers, 60 drapeaux ou étendards, parmi lesquels s'en trouvaient plusieurs appartenant à la garde du roi de Prusse, et dont l'un portait une légende française ; 300 pièces de canon, des magasins immenses et tous les avantages que peut procurer la victoire la plus complète, furent les résultats de cette grande journée. 20.000 Prussiens tués ou blessés restèrent sur le champ de bataille. Parmi leurs chefs, le duc de Brunswick, les généraux Rüchel et Schmettau, reçurent des blessures mortelles ; le prince Henri de Prusse et le maréchal Mollendorf furent atteints moins grièvement (2).

Du côté des Français, il y eut 3.000 morts et 6.000 blessés ; ce furent nos seules pertes, car les Prussiens ne firent que quelques prisonniers qui furent tous repris peu de jours après.

Tous les corps de l'armée française se distinguèrent dans cette grande et chaude journée. On cite particulièrement des hussards et des chasseurs, les colonels Duronel et Colbert. Napoléon déclara, à cette occasion, que la cavalerie française n'avait pas d'égale.

A la bataille d'Iéna, je reçus dans mes habits deux balles, dont l'une me fit une légère contusion sur la poitrine.

C'est après cette bataille, que l'Empereur, en passant dans les plaines de Rosbach, découvrit la pyramide que les Prussiens avaient élevée en mémoire de la victoire remportée par le grand Frédéric sur l'armée française en 1757. Il ordonna à Suchet, notre général de division, de la faire enlever, ce qui fut fait par le 40ᵉ régiment, qui faisait partie de notre brigade.

Le 25 octobre, prise de la forteresse de Spandau, par le 5ᵉ corps, toujours composé des divisions Suchet et Gazan. Cette forteresse capitula après quelques coups de l'avant-garde de ce corps d'armée. Le 28 octobre, prise de Prenzlow. par la cavalerie du prince Murat et notre corps. Depuis notre entrée en Prusse, le régiment n'avait pas encore accompli une marche pareille à celle qu'il fit, en poursuivant le corps d'ar-

(1) 1.000 prisonniers, 400 morts ou blessés. (THIERS.)
(2) Le narrateur donne ici à la fois les résultats des batailles d'Iéna et d'Auerstædt, qui eurent lieu le même jour (J. F.).

mée prussien du prince de Hohenlohe. Après avoir franchi vingt lieues sans nous arrêter, nous pûmes enfin le joindre, l'entourer et l'attaquer de manière à faire croire au prince qu'il avait toute l'armée française devant lui, tandis qu'il n'y avait réellement qu'une douzaine de mille hommes tant cavalerie qu'infanterie. L'attaque des Français fut si vive, que Hohenlohe demanda à capituler, ce qui fut accordé à condition que tout son corps d'armée, composé en très grande partie de la garde du roi de Prusse, poserait les armes et serait conduit prisonnier de guerre en France. Ainsi, un corps de 17.000 Prussiens se rendit à 12.000 Français harassés. Nos dragons se distinguèrent tout particulièrement dans cette brillante affaire.

Le 29 octobre, prise des forteresses de Passewalck et de Stettin. Dans les environs de la première de ces deux places, nous prîmes plus de 4.000 chevaux et un parc d'artillerie très considérable. La seconde se rendit au général Lassalle qui n'avait avec lui que la cavalerie légère du 5e corps. C'est peut-être un fait unique dans les annales de la guerre, qu'une forteresse de premier ordre, munie d'une garnison de 6.000 hommes de bonnes troupes, se soit rendue à un général de cavalerie n'ayant que 4.000 hommes sous ses ordres. Dans la campagne de 1805, la place de Braunau se rendit aussi au maréchal Lannes qui se trouvait sous ses murs à la tête du 10e hussards ; mais ici le reste du corps d'armée n'était qu'à une petite distance, tandis que le général Lassalle en était à plus de quatre lieues.

Le 27 novembre, entrée de l'armée française à Varsovie. A notre arrivée dans cette ville, ancienne capitale de la Pologne, toute la population de cette grande cité se pressait sur notre passage et nous saluait par des cris de joie qui semblaient nous dire que nous devions être les régénérateurs de cette antique nation. Ce spectacle n'était pas le moins curieux de tous ceux de la campagne de 1806.

Le 23 décembre, combat de Czarnowo, où le 5e corps ne fit que servir de réserve au 3e commandé par le maréchal Davoust. Ce dernier corps prit seul part à l'action, l'une des plus mémorables de la campagne.

Le 26 décembre, bataille de Pultusk. Cette affaire ne fut d'abord considérée que comme un des principaux combats de la campagne ; mais d'après ses résultats et la manière dont les troupes françaises y combattirent, l'empereur Napoléon la qualifia de bataille, dénomination méritée, car elle termina glorieusement, pour le 5e corps, la campagne de 1806. Les troupes s'y battirent de part et d'autre avec le plus grand acharnement, tellement que le 17e d'infanterie légère et le 34e de ligne s'y prirent corps à corps avec les Russes. Moi-même qui écris ces lignes pour me remémorer plus facilement les batailles et les combats auxquels j'ai assisté, je me trouvai dans la nécessité de saisir le canon de fusil d'un soldat russe qui me couchait en joue à bout portant. Je fus assez heureux pour détourner le bout du canon de son arme avant qu'il eût pressé la détente; et sans lâcher prise, je me débattis avec ce Russe pour lui arracher son fusil des mains. Sans un grenadier de ma compagnie, nommé Pommier, qui vint à mon secours et me débarrassa de mon adversaire en lui plongeant sa baïonnette dans le ventre, la lutte aurait pu me devenir fatale, car une quinzaine d'autres soldats ennemis ne se trouvaient plus qu'à quelques pas. Ils firent une décharge qui fort heureusement ne nous atteignit pas. Comme nous fûmes obligés de faire un mouvement rétrograde, je n'eus pas le temps de remarquer le grenadier qui m'avait rendu si grand service. Lorsque nous eûmes repris notre ordre en bataille, je m'approchai de mon capitaine pour lui offrir une goutte de rhum, liquide que je tenais religieusement en réserve dans une petite bouteille pour les grandes occasions. Il accepta avec d'autant plus de plaisir que nous étions dans la plus grande pénurie de toute espèce de liqueurs. Après que mon capitaine m'eut remis la bouteille, je lui dis : « Il y a un grenadier de la compagnie qui m'a rendu grand service, si je le connaissais, je lui donnerais à boire avec le plus grand plaisir. » Le nommé Pommier me répondit alors : « C'est moi, mon lieutenant ; voyez, vous m'avez blessé avec la baïonnette du Russe qui était aux prises avec vous. » Je me rappelai alors qu'au moment où le Russe était tombé, j'avais senti un peu de résistance, ce qui fit que je ne doutai pas un instant de la parole du grenadier, auquel je remis immédiatement ma bouteille de rhum en récompense de ce qu'il venait de faire pour moi. Je lui assurai en même temps que je ferais tout ce qui dépendrait de moi pour lui donner des témoignages plus éclatants de ma reconnaissance.

Au moment où je retournais à ma place de bataille, un boulet de canon vint frapper à mort mon capitaine, tuer sept grenadiers de la compagnie et en blesser deux autres. Si j'étais resté une seconde de plus auprès du capitaine, nul doute que j'eusse subi le même sort. Je restai le seul officier de la compagnie, car j'avais déjà perdu mon lieutenant dès le commencement du combat. Ce dernier était un des officiers les plus braves parmi les braves de l'armée, à cette époque de gloire où il y en avait tant.

Je n'avais plus avec moi que le sergent-major, deux sergents, quatre caporaux et trente grenadiers sur quatre-vingt-dix dont se composait cette compagnie la veille. Les autres étaient ou restés morts sur le champ de bataille, ou absents par suite de blessures.

Le lendemain matin, en faisant le rapport des pertes éprouvées par la compagnie, je fis ressortir la conduite du grenadier Pommier, et je demandai pour lui le grade de caporal sans que ce commencement de récompense pût le priver d'une proposition pour la décoration. Le même jour, il fut promu caporal et quelques mois après, nommé membre de la Légion d'honneur.

L'armée russe fut tellement maltraitée par l'armée française qu'elle fut obligée d'évacuer toutes ses positions et de se retirer en toute hâte en nous abandonnant la plus grande partie de son artillerie et de ses bagages.

Le 5e corps d'armée fit dans cette journée des prodiges de valeur, et son intrépide chef, le maréchal Lannes, y reçut une très forte contusion sur la poitrine. Le 34e régiment d'infanterie de ligne s'y battit seul pendant au moins trois heures contre plus de 15.000 Russes, et toujours avec avantage, car ce ne fut que vers le soir de cette journée, que les Russes, se voyant forcés et accablés de tous côtés, se jetèrent en masse sur ce régiment afin de se frayer un passage pour effectuer leur retraite et le forcèrent à rétrograder. C'est dans ce mouvement que je luttai avec le soldat russe, et c'est une heure après, au moment où nous reprîmes l'offensive, que mon capitaine fut tué.

Le jour de la bataille de Pultusk, il fit un temps horrible. Nous étions dans la boue jusqu'aux genoux. Les pièces de canon restaient embourbées ainsi que les chevaux incapables d'avancer ou de reculer. Plus on en mettait aux pièces de canon, moins on pouvait les faire mouvoir. J'ai vu des cavaliers obligés d'abandonner leurs chevaux qui ne pouvaient plus sortir des fondrières où ils s'étaient enfoncés.

Le lendemain de cette grande affaire, nous entrâmes dans la ville de Pultusk, où nous restâmes jusqu'au 1er janvier 1807. La division Suchet dont le 34e faisait partie, ayant beaucoup souffert à la bataille de Pultusk, l'Empereur la fit rentrer à Varsovie, où elle séjourna jusqu'au 27 janvier, époque où elle fut dirigée sur l'armée russe qui venait d'attaquer les avant-postes de notre armée.

Le 8 février eut lieu la bataille d'Eylau. Cette bataille fut l'une des plus meurtrières de la campagne de 1807, quoiqu'elle n'ait pas eu de grands résultats pour l'armée victorieuse.

Nous eûmes l'avantage de garder le champ de bataille, de prendre une quarantaine de pièces de canon et de faire quelques milliers de prisonniers. Elle fut cependant considérée comme une grande victoire par l'armée française, parce que si celle-ci eût été battue, elle eût été obligée de repasser la Vistule et de lever le siège de Dantzick, tandis qu'elle put prendre ses cantonnements dans la Vieille-Prusse et en Pologne.

Le 16 février, combat d'Ostrolenka, gagné sur le corps d'armée russe du général Essen, par le 5e corps commandé par le général Savary, remplaçant le maréchal Lannes resté à Varsovie à la suite de sa contusion reçue à Pultusk. La division Gazan, 2e du 5e corps, y fit des prodiges de valeur, et le général chef de l'état-major du 5e corps y déploya le plus grand sang-froid et la plus grande bravoure. On peut affirmer, sans rien ôter à la valeur et aux talents militaires des autres généraux de ce corps d'armée, que c'est à ses bonnes dispositions que fut due la gloire de cette belle journée, où environ 15,000 Français mirent en pleine déroute plus de 30.000 Russes. Le général de brigade Campana, officier général des plus distingués et du plus grand mérite, y fut tué d'un boulet de canon. Il fut vivement regretté de tous les militaires du corps d'armée.

Le soir de ce combat, les généraux Savary, Suchet, Gazan, Oudinot, Reille, Dumoustier et Girard, furent obligés d'établir leur quartier général dans une mauvaise maison qui avait servi d'ambulance aux Russes au commencement du combat.

Depuis le combat d'Ostrolenka, le 34e régiment, et même

tout le 5ᵉ corps, n'eut aucun engagement remarquable jusqu'à la bataille de Friedland. Il n'en éprouva pas moins de très grandes fatigues par suite des marches et contremarches qu'il fut obligé de faire pour empêcher le corps du général Essen ou de faire sa jonction avec la grande armée russe qui se trouvait du côté de Kœnigsberg, ou de se porter sur notre droite pour nous couper de nos communications avec Varsovie. De façon que, pendant tout le courant de l'hiver de 1806 à 1807, outre les batailles de Pultusk, d'Eylau et les combats, nous eûmes encore à arrêter les mouvements du corps d'armée ennemi qui nous tenait sans cesse sur le qui-vive. L'hiver fut très rigoureux ; nous fûmes constamment dans la neige et souvent privés du strict nécessaire, faute de moyens de transport. Il arrivait très souvent que nos soldats, afin de découvrir les amas de pommes de terre cachées dans le sol, étaient obligés de sonder la terre, ce qui n'était pas facile à cause de la grande quantité de neige.

Enfin, le beau temps étant arrivé avec le mois de mai, et la ville de Dantzick ayant capitulé dans les premiers jours de juin, l'empereur Napoléon fit marcher son armée en avant, attaqua les Russes dans toutes leurs positions sur la Prégel et les força à recevoir la bataille le 14 dans les plaines de Friedland.

Dans cette bataille, l'une des plus glorieuses que Napoléon ait livrées et des plus importantes par ses résultats, le général russe Benningsen perdit plus de 25.000 hommes, tués, blessés ou prisonniers ; une partie de l'artillerie et des bagages tombèrent aux mains des vainqueurs.

Cette grande victoire força l'empereur Alexandre à demander la paix. Elle fut conclue à Tilsitt, entre la France d'une part, la Russie et la Prusse d'autre part.

Le 5ᵉ corps, à la tête duquel avait été placé le maréchal Masséna depuis les premiers jours de mars, fut chargé de la poursuite du corps d'Essen, composé d'une trentaine de mille hommes, qui effectuait sa retraite sur Grodno. L'ennemi fut rejoint, le 26 juin, dans un bois, à environ trois lieues en deçà de Tikotzine. Les Russes, quoique embusqués dans ce bois, furent mis dans une déroute si complète qu'ils abandonnèrent tous leurs bagages et une grande partie de leur artillerie. Malgré toute l'activité mise par Masséna à poursuivre le corps russe, nous ne pûmes plus l'atteindre ce jour-là (bien que nous ayons fait plus de dix-huit lieues) ni les jours suivants.

Si le combat dont je viens de parler fut peu de chose, il n'en fut pas moins glorieux pour les 9e et 10e régiments de hussards, qui chargèrent les Russes avec tant de promptitude et de vigueur que ceux-ci s'enfuirent sur-le-champ. Une chose digne de remarque : ce furent ces deux régiments qui commencèrent la campagne de 1806 et qui donnèrent les derniers coups de sabre dans celle de 1807.

Après la paix de Tilsitt (9 juillet 1807), nous quittâmes nos cantonnements de Pologne pour nous rendre en Silésie, et de Tikotzine où nous étions alors, nous nous rendîmes près de Wilinberg, où nous restâmes une huitaine de jours, et de là à Varsovie. Nous fûmes ensuite dirigés sur le duché de Wartenberg, dont le prince de Biron-Courland était le seigneur. Nous y fûmes cantonnés et logés chez les habitants avec lesquels nos soldats furent bientôt en très bonne intelligence ; en effet, pendant près d'un an que nous demeurâmes dans ce pays, il n'y eut aucune plainte grave portée contre aucun d'eux. Il n'est pas inutile d'ajouter que la discipline était maintenue par les officiers français avec autant de rigueur que de justice.

Pendant toute la durée de notre séjour dans le duché de Wartenberg, qui dura dix mois, je restai dans le même logement, au village de Mittellangdorff, appartenant à M. de Johnston, mon hôte, qui me traita comme si j'avais été le fils de la maison. Lorsque je quittai cette excellente famille pour aller au camp de Lissa, elle me donna les plus grandes preuves de son attachement ; et lorsqu'elle apprit que nous devions quitter le camp pour nous rapprocher de la France, elle ne craignit pas de faire seize lieues pour venir me faire ses adieux. J'eus le bonheur d'embrasser encore le père, la mère et les enfants de cette respectable famille, dont je n'oublierai jamais les témoignages d'affection et de dévouement.

En partant du camp de Lissa, nous fûmes retenus environ un mois à Glogau, où je fus nommé lieutenant (5 octobre 1808), et quatre ou cinq jours à Erlangen. Dans cette dernière ville, nous reçûmes l'ordre de nous mettre en route pour l'Espagne. au grand regret de tous les militaires du corps d'armée, depuis le maréchal jusqu'au simple soldat. En exécution de cet ordre, nous quittâmes Erlangen vers la fin d'octobre et nous nous dirigeâmes vers le Rhin, en traversant la principauté d'Anspach, dans les parages mêmes occupés par nous depuis la paix de Presbourg à l'ouverture de la campagne contre la Prusse. Bien que, ainsi que je l'ai dit plus haut, les habitants aient eu à nous nourrir et à nous loger durant notre première occupation, ceux-ci, de cinq à six lieues à la ronde, s'empressèrent sur notre passage pour revoir ceux d'entre nous qui avaient été hébergés chez eux ou dans leurs villages. Lorsqu'ils demandaient *leurs* soldats (c'est ainsi qu'ils appelaient ceux qu'ils avaient logés), et qu'on leur répondait qu'ils n'étaient plus de ce monde ou qu'ils avaient été obligés de rentrer en France par suite de blessures, on voyait ces bonnes gens verser des larmes à la pensée de s'en retourner sans avoir eu le plaisir d'embrasser encore une fois ceux qu'ils avaient abrités sous leurs toits. Si les folliculaires qui ont eu l'impudence d'écrire que les armées françaises s'étaient attiré la haine des peuples qu'elles avaient vaincus, avaient été témoins de semblables scènes, ils n'auraient sans doute jamais eu l'effronterie d'écrire de pareilles infamies, quoique la plume de semblables écrivains soit toujours prête à calomnier tout ce qui ne se fait pas dans l'intérêt de leurs passions.

Enfin, après avoir quitté l'Allemagne, nous traversâmes toute la France, en faisant séjour dans quatre villes seulement : Metz, Melun, Orléans et Bordeaux. Dans la route de Breslau à Saragosse, route d'une longueur de près de cinq cents lieues, nos soldats observèrent strictement les règles de la discipline militaire et prouvèrent combien ils étaient dévoués à l'Empereur. Sa Majesté avait ordonné aux colonels des régiments qui traversaient la France d'accorder à tous les hommes qui le demanderaient des permissions pour aller voir leurs familles, à la condition que chacun d'eux rejoindrait son corps dans la ville où aurait lieu le prochain séjour. Ces permissions furent données en tellement grand nombre, qu'à peine, d'un séjour à l'autre, restait-il la moitié de l'effectif. Eh bien ! ces braves, qui pour la plupart n'avaient pas vu leurs parents depuis bien des années, s'empressèrent de rejoindre leurs régiments aux jours indiqués, de sorte qu'en arrivant à Bayonne, il n'y eut pas un déserteur à déclarer sur une armée de 150,000 hommes.

Nous arrivâmes devant Saragosse, déjà bloquée par l'armée française, le 19 décembre 1808. La division Suchet,

dont mon régiment faisait partie, fut constamment chargée
de couvrir ce siège, ce qui fit que sans presque prendre part
aux opérations, elle n'en éprouva pas moins beaucoup de
fatigues et de peines, par suite des fortes marches qu'elle fut
obligée de faire pour déjouer les projets de l'ennemi qui
tentait souvent, mais sans jamais pouvoir réussir, de secourir
la place.

Le faubourg de cette ville, situé sur la rive gauche de
l'Ebre, fut enlevé le 18 février, par la division Gazan, du
5e corps, alors commandé par le maréchal Mortier, qui se
trouvait lui-même sous les ordres de Lannes, généralissime
des troupes assiégeantes. La ville elle-même capitula le
21 février, après 52 jours de tranchée ouverte et de bombardement.

Ce siège, l'un des plus mémorables des temps modernes,
coûta aux Espagnols plus de 50,000 âmes, tant du fait du feu
des Français que de celui d'une épidémie qui emporta une
grande partie de la population de la ville et de celle des environs qui s'était retirée dans la place. Les Français eurent de
4 à 5,000 morts et autant de blessés ; un général du génie et
douze officiers de cette arme y furent tués.

Le maréchal Lannes, dans ce siège extraordinaire, montra
sa bravoure habituelle. Il se fit remarquer par sa loyauté
et son désintéressement vis-à-vis des vaincus qu'il fit respecter dans leur malheur, autant que sa mission le lui
permit.

Après la prise de Saragosse, le 5e corps fut envoyé devant
la forteresse de Mequinenza, où il ne resta que sept jours.
Toutefois, le premier et le troisième bataillon de mon régiment reçurent l'ordre de se diriger sur Jaca et de s'emparer
de cette place. Celle-ci se rendit à la première sommation,
tant la prise de Saragosse avait porté la terreur dans ces
contrées.

La marche du 5e corps sur Mequinenza n'ayant eu d'autre
but que de faire une forte reconnaissance du côté de la Cata-
logne, ce corps se rendit ensuite dans le royaume de Léon,
pour se réunir à celui de Ney. Les deux armées firent ensuite
jonction avec celle de Soult, qui effectuait sa retraite du
Portugal. Après que les communications furent établies entre
elles, le 5e corps rentra dans le royaume de Léon, où mon
bataillon versa ses hommes dans les autres bataillons du

régiment. Le cadre des officiers et des sous-officiers se rendit à Givet, où était le dépôt, pour recevoir de nouveaux hommes et ensuite retourner en Espagne.

Nous partîmes vers la fin d'avril et ne restâmes à Givet que pendant le temps indispensable à notre réorganisation.

Cette opération terminée, le bataillon s'achemina vers l'Espagne et fut dirigé sur Astorga que nous assiégions. La place se rendit le 29 avril 1810, après un mois de blocus et quinze jours de tranchée ouverte. La veille de la reddition eut lieu, après trente-six heures de bombardement, un assaut qui nous coûta plus de 400 hommes, en moins d'un quart d'heure. Le prix de cette conquête fut 3,000 prisonniers et toute l'artillerie de la place. Les troupes assiégeantes étaient commandées par Junot, duc d'Abrantès, qui avait sous ses ordres les généraux de division Clausel et Godar; le général Ménard était à la tête de notre brigade.

Le jour de l'assaut, qui eut lieu vers quatre heures de l'après-midi, je fus commandé de tranchée pour la nuit suivante. Dans le courant de cette même nuit, l'ennemi chercha à nous chasser du boyau qui conduisait à la brèche de laquelle nous étions restés maîtres, en dirigeant sur nous, du haut des remparts, des décharges meurtrières. Le lieutenant-colonel Valazé fut atteint par une balle à la tête, et tomba sur moi. Au moment où je croyais ce brave officier perdu pour l'armée française, il se releva en s'écriant : « Mes amis, je suis blessé, mais que cela ne vous empêche pas de faire votre devoir; si je meurs, d'autres me remplaceront dignement. » Le lendemain, nous eûmes la satisfaction d'apprendre que sa blessure ne mettait pas ses jours en danger. Comme cet officier avait été chargé de diriger les travaux du siège et qu'il s'en était acquitté avec autant de talent que de bravoure, il fut fait colonel quelques jours après sa guérison.

Les troupes employées au siège d'Astorga furent dirigées sur Ciudad-Rodrigo déjà bloquée par le corps d'armée de Ney. La division Clausel dont je faisais partie n'eut d'autre mission que de couvrir le siège de cette place; il en fut de même devant Almeida.

Après la campagne de Portugal de 1810, la blessure que j'avais reçue à Austerlitz s'étant rouverte, je fus obligé de quitter l'armée active et de rentrer en France. Ayant toujours fait partie des bataillons de guerre, j'avais, par point d'honneur, une vive répugnance pour celui de dépôt. A tel point que je me déterminai à quitter un corps où je servais depuis vingt et un ans, où j'étais estimé de mes chefs et de tous mes camarades, et où j'allais passer adjudant-major. En traversant Paris pour me rendre à Givet, en janvier 1811, je me fis nommer à une lieutenance dans la compagnie de la réserve des Bouches-de-la-Meuse. J'y restai jusqu'au 6 mai 1812, époque où je fus nommé adjudant de place à Flessingue, fonction que je remplis jusqu'aux déplorables événements de 1814.

Pendant mes deux années de séjour à Flessingue, nous n'eûmes à lutter qu'une seule fois avec l'ennemi ; ce fut lorsque les Anglais forcèrent le passage de l'Escaut, entre la place de Flessingue, sur la rive droite, et le fort de Breskintz, sur la rive gauche, points assez rapprochés pour que les boulets de vingt-quatre puissent arriver de l'un à l'autre en se croisant à travers le fleuve. Je passai capitaine le 7 avril 1814, environ un mois avant l'évacuation de Flessingue par les troupes françaises.

Ce ne fut que le 3 mai que nous eûmes connaissance de l'abdication de l'Empereur à Fontainebleau. A la suite de la lâche conduite du comte d'Artois qui, en qualité de lieutenant-général du royaume, signa avec les Alliés une convention leur abandonnant toutes les places fortes que nous occupions dans les pays étrangers, ainsi que la plus grande partie des flottes que nous avions encore dans les ports d'Anvers, de Flessingue et du Helder, avec le matériel des plus beaux arsenaux de ces trois importantes places, nous dûmes rentrer en France.

Lorsque nous eûmes remis la place aux commissaires du nouveau roi de Hollande, nous nous mîmes en route les uns par terre, les autres par mer. Je fus de ces derniers. De Flessingue à Dunkerque, où nous nous rendions, la traversée fut des plus dangereuses et des plus pénibles. Plus de la moitié des bâtiments de notre convoi, qui se composait d'environ trente canonnières, fit naufrage ou échoua sur la côte avant d'arriver à destination. Au dire des marins qui montaient le vaisseau où je me trouvais, jamais ils n'avaient été dans un aussi grand danger de périr corps et biens. Au plus fort de la tempête, vers le milieu de la nuit, je m'aperçus que le mât de hune allait s'échapper de son encadrement si l'on n'y portait promptement remède. La mer était si grosse que presque tous les hommes de l'équipage étaient malades; le commandant lui-même n'avait pu rester sur le pont. Le maître d'équipage, qui était avec moi au nombre des moins incommodés, fut immédiatement averti. A l'aide de quelques marins pris parmi les plus valides, il fit rentrer le mât dans son encadrement. A notre arrivée à Dunkerque, il m'avoua que sans mon avertissement de la veille, nous aurions tous été perdus. Après avoir lutté contre la tempête toute la nuit et la matinée du lendemain, nous arrivâmes en vue du port vers une heure après midi, avec l'espoir d'y entrer sans avoir à courir de nouveaux périls Notre espoir ne fut pas de longue durée, car nous étions à peine dans le chenal qu'un coup de vent nous en fit sortir avec une telle violence qu'il nous repoussa à plus de cent mètres au large. Pour éviter un naufrage, le commandant, au lieu de chercher à franchir la passe, tenta de faire échouer son navire sur le sable à marée basse, ce à quoi il parvint assez heureusement.

Après trois jours de repos à Dunkerque, nous reçûmes l'ordre de nous rendre à Lille, en attendant que le ministre de la guerre eût statué sur notre future destination. Nous y fûmes logés chez l'habitant. Au bout d'une vingtaine de jours, je fus, ainsi que la plupart de mes camarades, renvoyé dans mes foyers avec jouissance de la demi-solde attachée à mon grade. Avant de quitter Lille, je me rendis chez le maréchal Mortier, commissaire du roi dans la 16e division militaire, et sous les ordres duquel j'avais servi en Allemagne. Ce brave maréchal m'accueillit avec une extrême bonté et me remit, pour le ministre de la guerre, une lettre où il me recommandait d'une façon toute particulière pour être replacé dans les cadres de l'armée. Le ministre me fit espérer que la première place de mon grade qui viendrait à vaquer dans les états-majors des places serait pour moi.

Par suite d'une mesure aussi injuste que tyrannique envers les officiers de cette vieille armée qui avait porté le nom français à un degré de gloire inconnu jusque-là dans les temps modernes, les officiers ne pouvaient rester à Paris à moins d'y avoir eu leur domicile avant leur entrée au service. La royauté, arrivée à la suite des Cosaques et des équipages des cruels ennemis de la patrie, quoique soutenue par plus d'un million de baïonnettes étrangères, tremblait encore au souvenir de nos victoires immortelles. Je fus donc forcé de quitter la capitale après un séjour de quinze jours et je rentrai chez moi vers la fin de juin.

En même temps que j'appris le débarquement de l'Empereur échappé de l'île d'Elbe, je fus informé qu'ensuite de la recommandation du maréchal Mortier, j'avais, par décision du 5 janvier 1815, été nommé adjudant de la place de Landrecies. Je me mis en route immédiatement; mais comme l'empereur Napoléon était déjà à Lyon et que j'avais grand désir de le revoir, je pris la route de Paris, où j'arrivai deux jours après Sa Majesté. J'y restai jusqu'au 17 avril; je me dirigeai alors sur Landrecies.

Deux jours après la malheureuse bataille de Waterloo, où la trahison de Bourmont contribua plus au succès de nos ennemis que leur propre bravoure, c'est-à-dire le 20 juin, nous fûmes enfermés dans Landrecies et coupés de toute communication avec le reste de la France.

A partir de ce moment, le commandant de place, les officiers de l'état-major, ceux de l'artillerie et du génie eurent constamment à lutter contre l'insubordination d'une partie de la garnison. Cette fraction se composait de deux bataillons de gardes nationaux, l'un du département de Seine-et-Oise et l'autre de la Somme. Plusieurs fois nous eûmes à craindre de sa part un pillage général des magasins de la place.

Le 19 juillet, la sédition fut si complète que ces deux bataillons se portant en masse au logis du commandant supérieur de la place, se saisirent de sa personne et le conduisirent en prison à l'hôtel de ville. J'aurais infailliblement subi le même sort si je n'avais montré de la fermeté et payé d'audace. Après avoir arrêté le commandant, les factieux se transportèrent à mon domicile pour s'emparer de moi; mais ayant été averti de leur dessein, je me rendis à la porte de France où se trouvaient 50 hommes de garde du 25ᵉ d'infanterie de ligne sur lesquels je pouvais compter. Je leur fis prendre et charger les armes et me mis à leur tête pour attendre les rebelles. Lorsqu'ils furent à portée de ma voix, je leur signifiai d'avoir à se retirer et à rentrer immédiatement dans leurs casernes, faute de quoi j'allais ordonner d'ouvrir le feu. Mon ton résolu, l'attitude énergique de mes hommes les déterminèrent à se retirer, mais non pas sans nous menacer de la parole et du geste. Cela ne m'empêcha pas de les faire refouler

vigoureusement jusqu'à leurs casernes et d'aller ensuite délivrer le commandant de place.

Celui-ci fit aussitôt assembler le conseil de défense pour lui
exposer que les travaux de l'ennemi étant arrivés, malgré
notre défense opiniâtre, jusqu'aux chemins couverts de la
place, ceux-ci étaient prêts à être franchis ; que dans l'état de
rébellion où se trouvait la plus grande partie de la garnison,
il ne croyait pas pouvoir prolonger davantage la défense de
la place ; que d'ailleurs nous avions fait tout ce que l'honneur
exigeait de nous en pareille circonstance, puisque, malgré
l'insubordination des gardes nationaux, nous avions soutenu
un blocus d'un mois et supporté un bombardement ininter-
rompu de dix fois vingt-quatre heures ; qu'enfin il sollicitait
l'avis de tous les membres du conseil avant d'envoyer un par-
lementaire au général ennemi pour demander à traiter d'une
capitulation honorable. Le conseil de défense arrêta qu'il
serait fait des ouvertures au général prussien commandant le
blocus, et que si ses réponses étaient favorables, on convien-
drait des conditions d'une capitulation. Ce général ayant
accueilli nos propositions, la capitulation fut signée le 21 juillet. Le 23, la garnison sortit de la ville avec ses armes, ses
bagages et deux pièces de canon en tête de la colonne ; faculté
lui était laissée de se rendre soit à Paris, soit au delà de la
Loire. Notre commandant étant parti pour Paris en poste, je
me plaçai à la tête des troupes pour les diriger sur la même
ville. Le 8 août, je les mis à la disposition du comte Maison,
gouverneur de Paris et commandant la première division
militaire, avec les deux pièces de canon que j'avais amenées.
Je me fis délivrer par cet officier supérieur un certificat cons-
tatant que j'avais accompli ma mission avec zèle et ponctua-
lité. Cette attestation me fut des plus utiles : elle me servit à
obtenir du ministre, le maréchal Gouvion-Saint-Cyr, la permission de rester à Paris jusqu'à ce que je fusse replacé et la
jouissance de ma solde d'activité pendant le même temps.
Après bien des démarches, je fus nommé avec le grade de
lieutenant au commandement du fort Saint-Jean de Marseille,
le 9 janvier 1816. Je restai dans ces fonctions jusqu'au
1er octobre 1828, époque à laquelle je fus mis à la retraite sans
avoir jamais pu savoir le motif de cette injuste mesure à mon
égard.

La révolution de 1830 me trouva marié et fixé à Marseille.

Le général baron Delort, mon compatriote, ayant été nommé au commandement de la 8ᵉ division militaire, vint prendre possession de son poste. A son arrivée à Marseille, qu'il ne connaissait pas, il me fit l'honneur de me demander quelques renseignements sur le caractère et l'esprit des habitants de la ville. Je les lui donnai de la façon la plus succincte et lui dis en terminant que je ne doutais pas qu'il ne sût, tel qu'il était, se faire aimer et respecter de la population marseillaise. La suite me donna raison. Huit jours après son installation, le baron Delort me nomma au commandement du fort Saint-Nicolas. Une ordonnance du 16 octobre 1830 confirma cette nomination et en même temps me réintégra dans le grade de capitaine dont j'avais été dépouillé par le gouvernement de la Restauration, depuis le 1ᵉʳ janvier 1816, sous le vain prétexte qu'une ordonnance du Roi n'avait confirmé les nominations faites par l'Empereur ou ses lieutenants que jusqu'au 3 avril 1814. Par le fait de cette injustice, j'ai été privé pendant plus de quatorze ans de la jouissance et des appointements d'un grade que j'avais acquis au prix de cinq blessures, de vingt-deux campagnes, pendant lesquelles j'ai assisté à plus de trente grandes batailles, à plus de cent combats, ainsi qu'à plusieurs grands siéges, tels que ceux de Mantoue, de Saragosse, d'Astorga et de Ciudad-Rodrigo.

Mon âge et mes années de service me firent admettre à la retraite le 30 octobre 1834.

Aujourd'hui, je vis tranquillement à Marseille avec une épouse aimée et digne de l'être de moi, tant pour ses qualités personnelles que pour l'affection et le dévouement qu'elle ne cesse de me prodiguer.

P.-F. Puffeney.

Le capitaine Puffeney revenait souvent, depuis sa retraite, au pays comtois, dans sa famille établie à Montigny-lez-Arsures. C'est là qu'il mourut, le 27 août 1848.

J. F.

ABBEVILLE. — IMPRIMERIE F. PAILLART